나는 혼자가 아니었다

나는 혼자가 아니었다

버텼다고 생각한 날들에 대한 오해

초 판 1쇄 2026년 02월 11일

지은이 김묘경, 김혜련, 박경애, 박명애, 박영희, 이가경, 루시, 이희정, 전향연
펴낸이 류종렬

펴낸곳 미다스북스
본부장 임종익
편집장 이다경, 김가영
디자인 윤가희, 임인영, 윤영빈
책임진행 김은진, 이예나, 안채원, 국소리, 송가희, 이지영

등록 2001년 3월 21일 제2001-000040호
주소 서울시 마포구 양화로 133 서교타워 711호, 808호
전화 02) 322-7802~3
팩스 02) 6007-1845
블로그 http://blog.naver.com/midasbooks
전자주소 midasbooks@hanmail.net
페이스북 https://www.facebook.com/midasbooks425
인스타그램 https://www.instagram.com/midasbooks

ISBN 979-11-7355-714-9 03810

값 18,000원

미다스북스는 다음세대에게 필요한 지혜와 교양을 생각합니다.

나는 혼자가 아니었다

버텼다고 생각한 날들에 대한 오해

김묘경
김혜련
박경애
박명애
박영희
이가경
루　시
이희정
전향연

미다스북스

우리는 정말 혼자였을까?

살다 보면, 혼자 힘으로는 도저히 넘을 수 없는 순간이 찾아온다. 아무리 애써도 발이 떼어지지 않고 어둠 속에서 방향을 잃은 채 서 있는 시간.
"여기서 더는 갈 수 없겠구나."
이상하게도 바로 그 순간, 누군가 나를 불러주었다. 다정한 말 한마디, 예상치 못한 손길, 설명할 수 없는 평안함이었다.
때로는 사람이었고, 누군가의 기도이기도 했다. 분명히 보이지는 않았지만, 마치 응답처럼 느껴졌던 신의 손길이기도 했다.

2017년, 작은 공부방을 운영하던 때였다. 초등학생과 중학생을 대상으로 수학 수업을 하고 있었다.
중학교 3학년 학생들이 한꺼번에 고등학교로 진학하면서 공부방 학생 수가 눈에 띄게 줄었다. 홍보지를 만들어 사람들이 거의 다니지 않는 새벽 시간, 아파트 한 동 한 동을 돌며 하나하나 붙였다. 그러나 전화 한 통오지 않았다. 소개로 몇 명이 등록했지만, 걱정은 사라지지 않았고 밥조차 제대로 넘어가지 않았다.

딸은 대학교 2학년이었다. 서울에서 학교에 다니고 있었고, 매달 생활비와 방값을 정해진 날 보내야 했다.

며칠 뒤, 예상하지 못한 전화 한 통이 왔다. 초등학생들만 가르치는 전과목 학원이었다. 학생들이 중학교에 진학하게 되어 중등 수학 강사가 필요하다고 했다.

"선생님, 대명동에 있는 '지니어스' 초등 수학 전문학원이에요. 중학생수학 수업을 해주실 수 있을까요?"

바로 대답했다.

"네, 수업할 수 있습니다."

내게 기적 같은 일이었다. 그렇게 시작된 수업은 화요일과 목요일, 일주일에 두 번씩 이어졌고 6년 동안 계속되었다. 돌아보면 내가 포기하려던 바로 그때, 친분이 깊지 않았기에 그 손길은 더 뜻밖이었다.

보이지 않는 힘이 우리를 살린다. 살다 보면 설명할 수 없는 순간이 있다.

모든 것이 무너지는 듯한 날, 뜻밖의 전화 한 통이 나를 붙잡고, 책 속한 문장이 마음의 문을 다시 연다.

나는 혼자가 아니었다

도저히 버틸 수 없을 것 같던 시절, 누군가의 따뜻한 눈빛이 말한다.

"괜찮아요, 당신 잘하고 있어요."

그 짧은 말 한마디로 눈물을 터뜨리고, 삶의 바닥에서 다시 일어설 힘을 건넨다. 그것은 사랑이고, 은혜이며, 사람과 사람 사이를 잇는 연결이다.

우리가 받은 힘은 다시 흘러 또 다른 사람의 어둠을 밝힌다. 삶은 거대한 순환 속에서 서로의 손을 잡고 이어진다. 누군가가 나를 일으켜 세웠듯 이제는 나도 누군가의 손이 되고 싶다.

말 한마디, 미소 하나, 작은 친절이 누군가의 오늘을 버티게 할 수도 있음을 알게 되었기 때문이다.

이 책은 그런 이야기를 모았다. 누군가의 다정함에 힘을 얻고, 다시 누군가의 희망이 된 사람들의 이야기다.

아홉 명의 작가는 각자의 삶에서 넘어지지 않도록 붙들어 주었던 순간을 기록했다. 혼자 견뎠다고 믿었던 시간 속에 사실은 누군가의 보이지 않는 힘이 있었음을 인정해 보자는 이야기다.

누군가는 절망의 끝에서, 누군가는 반복되는 일상 한가운데서, 누군가는 신 앞에서, 또 누군가는 사람 사이에서, 분명히 건네받았던 은혜의 장면들이다.

기다림과 믿음, 침묵과 한 번의 선택이 어떻게 삶을 다시 움직이게 했는지. 이 책은 성공담이 아니라, 여러 개의 '작은 삶의 증거'들이 모여 완성된 기록이다.

 말없이 곁에 머물러 준 사람, 끝까지 붙잡아 준 한 문장, 떠나지 않고 기다려 준 관계, 혹은 스스로 내린 작은 선택이 삶을 다시 앞으로 나아가게 했다.

 이 이야기들은 특별해서 모인 것이 아니다. 삶을 지탱한 힘은 늘 평범한 순간들 속에 숨어 있었다. 혼자였다고 믿었던 삶도 사실은 누군가와 이어져 있었다는 것. 혼자 버틴 것이 아니라, 누군가의 마음 덕분에 살아왔다는 깨달음이다.

 살다 보면 받은 도움보다도, 주지 못한 것과 하지 못한 말을 더 오래 붙잡고 산다. 잘하고 싶었던 마음이 컸던 만큼, 미안함과 아쉬움은 크게 다가온다. 이 책은 그런 마음을 다그치지 않는다. 대신 비슷한 삶의 장면 앞에 잠시 멈춰 서게 한다.

 그 자리에서 잊고 지냈던 얼굴 하나, 흘려보냈던 말 한마디, 기도 속에만 남아 있던 순간 하나를 다시 떠올리게 된다. 내가 받은 사랑을 다른 이에게 돌려준다는 것은 세상을 바꾸는 일이 아니라 누군가의 하루를 조금 덜 무겁게 만드는 일이다.

 『나는 혼자가 아니었다』는 혼자 버텨온 사람들에게 건네는 확인서이자, 이미 누군가의 삶을 지탱해 온 이들에게 보내는 감사장이다.

 우리가 혼자가 아니라는 사실을 기억하는 순간, 받은 은혜는 삶 안에서 다시 흐르기 시작한다. 그리고 그 마음은 또 다른 누군가에게 이어진다.

"나는 혼자였던 게 아니었구나."

삶의 고비마다 건네받았던 손길을 기록하며

박경애

‖ 걸음 넷 ‖
우리가 서로의 기적이 된다

부록 혼자에서 서로가 되는 순간 넷

부록 『나는 혼자가 아니었다』를 읽고 남은 생각들

이름을 불러주다

우리는 혼자 힘으로 여기까지 왔다고 생각한다.

그러나 삶의 가장 연약했던 시절,

누군가는 조건 없이 우리의 이름을 불러주었다.

한 사람이 한 사람으로 살아갈 수 있게 만든

첫 믿음과 온기의 기억을 담았다.

"어쩌면 우리는 살아가는 동안

단 한 사람이라도

'괜찮아, 너는 이대로 충분해'라고

말해주는 존재가 필요했던 것은 아닐까."

"이름을 불러주는 순간,
그는 더 이상 군중이 아니라 한 사람이 된다."

— 파울 첼란

1

할아버지의 온도

김묘경

아들 귀한 집안에서 4녀 2남 중 넷째 딸로 태어났다. 가족들 말에 따르면 모두가 이번에는 아들이기를 바랐다고 한다. 또 딸이라는 소식을 듣자, 아버지는 내 얼굴도 보지 않은 채 막걸리집으로 가버렸다.

딸인 나를 반기는 이는 아무도 없었나 보다.

언니들의 이름에는 모두 '영' 자가 들어 있었는데 내 이름에는 고모들의 돌림자인 '묘' 자가 들어 있다.

더 이상 딸을 낳지 않기를 기원하는 마음의 표현이랄까.

언니들에게는 없는 애칭도 있었다. '꼭지'라고.

어쨌든 나는 3년 뒤 남동생이 생겼다. 우리 집안의 대를 이을 장손이 태어났다. 그 순간부터 엄마 품에선 멀어지고 할아버지의 무릎에서 더 많은 시간을 보내게 되었다.

할아버지는 어린 나를 위해 담배를 끊으셨다. 그래서 고모들이 가끔 간식을 챙겨왔다.

고모들이 가져온 할아버지의 간식은 자주 내 몫이 되었다. 그중 가장 고급스러운 간식은 밤과자였다. 언니들은 침만 삼키는 동안 할아버지는 "우리 꼭지, 이거 맛나이 묵어라." 하며 내 앞에 밤과자를 놓아주었다. 고모들도 아들 보게 해주었다고 언니들보다 나를 예뻐하였다.

할아버지의 밥상에 차려지는 생선도 매번 내 차지였다. 할아버지는 도톰한 생선 살을 내 밥 위에 올려주고 내장만 드셨다.

"할배는 왜 맨날 시커면 거만 먹어?"

"허허, 할부지는 이 내장이 더 맛나다."

"그래? 그럼 나도 먹어볼래."

철없던 나는 한입 베어 물었다가 입안에 번지는 쓴맛에 울상이 되었다. 그 모습을 보고 할아버지는 한참을 웃으셨다. 그때 나는 어른이 되어야 생선 내장이 좋아지겠구나 생각했다. 하지만 어른이 되어 알았다. 그건 할아버지의 손녀 사랑이었다는 걸 말이다.

명절이 되면 많은 친척들이 집으로 찾아왔다. 집안의 큰 어른이신 할아버지께 인사를 드리기 위해서였다. 부엌에서는 엄마가 숨 돌릴 틈도 없었다.

"아이고 또 상 차려야겠네. 애들아, 저 부침개 좀 내와라!"

언니들은 손님 상차림을 돕느라 힘들어서 명절이 싫다고 했다. 하지만 나는 명절이 좋았다.

친척들은 할아버지 곁에 있는 나를 보면 어김없이 이런 말을 하였다.

"아이구, 아직도 할아버지랑 한방에서 자나? 참말로 기특하다."라며 동전 한두 개를 슬쩍 쥐여주었다.

명절이 지나면 내 호주머니는 두둑해졌다.

종갓집이라 제사도 많았다. 제사를 지낸 다음 날엔 대바구니 가득 음식을 챙겨 경로당으로 배달을 갔다.

난 막걸리 주전자를 들고 엄마 뒤를 따랐다. 경로당에 가면 할아버지가 친구분들에게 손녀 자랑을 늘어놓았고 친구분들이 기특하다며 용돈을 주었다. 신이 난 나는 할아버지들 앞에서 노래도 부르고 춤도 추며 재롱을 피우는 것이 너무 신났다.

할아버지와 함께 있으면 당당해지고 자신감 넘쳤고 모두들 나를 좋아하는 것 같았다. 그 순간엔 세상 누구도 부럽지 않았다. 있는 그대로의 모습으로 나를 가장 빛나게 해 준 든든한 후원인이 바로 할아버지였다.

할아버지가 서울 작은삼촌 댁에 가시는 날에는 겁에 질려 울음을 터뜨렸다.

식구가 많은 우리 집은 늘 근검절약했다. 연필, 필통, 예쁜 수첩 하나도 새것을 가져보기 힘들었다.

생일과 크리스마스 선물은 바라지도 못했다.

"할부지, 나 크리스마스 선물하고 싶어. 언니랑 동생들 거랑 내 것도."
용기 내어 할아버지께 말했다.

할아버지는 "그래. 그기 그리 하고 잡았어." 하며 흔쾌히 모아둔 쌈짓
돈을 내어 주었다.

문구점에서 언니와 동생들 선물을 고르고, 언니와 동생들이 나에게 줄
선물까지 사 와서 신나게 포장했다.

부자가 된 기분이었다. 그때 가지는 기쁨보다 나눠주는 기쁨이 더 크
다는 것을 처음 느끼게 되었다.

초등학교 고학년 때 할아버지는 갑자기 중풍이 와서 자리에 몸져누웠
다. 경로당에도 못 가고 방에만 있었다. 아버지와 어머니가 운동을 권유
해도 거부하였다.

나는 학교를 마치면 곧장 집으로 돌아와 할아버지를 일으켜 세우고 함
께 걷기 연습을 했다.

"할부지 걸어야 해. 그래야 나랑 오래오래 살지!"

할아버지는 힘들어하였지만 내 부탁만큼은 거절하지 않아서 뿌듯한
마음으로 할아버지의 운동을 도왔다.

그러나 그것도 그렇게 오래 가지는 못했다.

나는 혼자가 아니었다

중학교 1학년 때였다. 수업 중 담임선생님이 교무실로 불렀다.

"집에서 연락이 왔어. 가방 챙겨서 언니랑 같이 얼른 집에 가 봐."

그날 할아버지는 돌아가셨다. 집으로 가는 내내 눈물이 멈추지 않았다. 장례식은 집에서 치렀다. 조문객들과 친척들로 집 안은 며칠동안 북적거렸다. 그 속에서 할아버지의 죽음을 받아들일 마음의 준비도, 맘껏 슬퍼할 틈도 없었다.

모두가 떠난 뒤 비어 있는 할아버지 방을 보며 조금씩 실감이 났다. 할아버지가 떠난 자리는 생각보다 깊었다. 견딜 수 없는 허전함에, 나는 남몰래 울곤 했다. 그 시간이 쉽게 지나가지 않았다.

그 후로도 삶은 계속되었고, 나는 자라 어른이 되었다. 이제는 할아버지의 무릎 대신 스스로의 두 발로 세상을 딛고 서 있지만, 중요한 순간마다 나는 여전히 할아버지에게서 배운 마음으로 선택을 한다. 아낌없이 내어주던 손길, 있는 그대로의 나를 믿어주던 시선, 나눔이 기쁨이 될 수 있다는 가르침은 시간 속에서도 바래지 않고 내 삶의 중심에 남아 있다.

할아버지가 내게 주었던 사랑은 사라진 것이 아니라, 나를 통해 다시 흘러가고 있다. 누군가를 품고, 또 다른 '꼭지'를 세상으로 보내는 힘이 되어. 그래서 나는 오늘도 믿는다. 깊은 허전함의 자리에서 나를 다시 일으켜 세운 것은, 조건 없이 나를 바라봐 주던 할아버지의 사랑이었다는 것을. 그 사랑이 있었기에 나는 지금도 누군가의 편이 되어 살아간다.

2

다시 일어설 수 있다면

김혜련

카톡 알림이 울렸다. 동생이 보낸 메시지였다.

"언니, 다시는 형제에게 부탁하지 않겠다고 다짐했는데… 아파트를 내놓았어요. 급히 팔려니 손해가 크지만 그래도 팔 생각이에요. 9월까지만 버티면 괜찮을 것 같은데, 이천만 원만 빌려주세요. 10월 말까지는 꼭 갚을게요. 정말 죄송해요."

염려하던 순간이 다가왔음을 알았다. 동생은 대출로 식당을 개업했다. 초반에는 손님이 끊이지 않아 밥 한 끼 먹을 틈도 없이 바빴다. 조금씩 자리를 잡아가던 즈음, 예상치 못한 '코로나19'라는 어려움이 닥쳤다. 손님이 줄어드는 정도가 아니었다. 숨통을 죄는 듯한 영업 제한과 커져가

나는 혼자가 아니었다

는 불안 속에 식당은 빈 테이블만 늘어갔다. 매달 갚아야 할 이자와 빚은 걷잡을 수 없이 불어났다.

그전에는 '주택시행사' 일을 하며 형편이 나아지는 듯 보였다. 해외여행을 다녔고, 차를 사고 아파트 분양까지 받을 만큼 삶에 여유가 생겼다. 그 여유가 결국, 식당을 시작할 용기로 이어졌을 것이다.

가족이란 참 묘하다. 가까워서 더 복잡하고, 사랑해서 더 아프다.

동생은 남편을 교통사고로 떠나보냈다. 두 살 된 어린 딸을 어머니께 맡기고 홀로 살아보겠다며 여러 장사를 했다. 용기 내어 살아보려는 모습이 안쓰러웠다.

옷가게를 할 때는 월말 마감이라며 도움을 자주 요청했다. 갚을 약속을 지키지 못한 날도 있었다. 그럴 때마다 나에게 어울리는 옷을 택배로 보내왔다. 그 정성은 미안함과 고마움이 뒤섞인 미음이있을 것이나. 매월 말일 즈음 연락이 오면 두려운 적도 있었다. 도와주어도 도와주지 않아도 마음이 편치 않았다.

다음날 오후 4시, 전화가 왔다. 카톡 메시지에 답장이 없자, 동생은 얼마나 조급했을까. 울먹이며 한 번만 더 도와달라고 했다. 부담이 앞섰지만 외면할 수 없었다.

보험회사에 들어 둔 연금을 중도 인출해 도와주기로 마음먹었다. 손해가 따랐지만 어쩔 수 없었다. 천만 원을 송금했다. 10월 말까지 약속을 꼭 지켜야 한다고 말했다.

속담에 "돈을 빌려줄 때는 앉아서 주고, 받을 때는 서서 받는다."라고 했다. 어릴 적에는 그 말이 무슨 뜻인지 잘 몰랐다. 돈을 줄 때는 당당하게 '앉아서' 주지만, 받을 때는 약속만 기다리며 '서서' 애원하는 처지가 될 수 있다는 것이었다. 선의로 시작한 금전 거래 때문에 관계까지 어려워지는 마음의 불편함이 숨어 있었다.

주일 예배 시간이었다. 머릿속은 온통 '동생이 이번엔 정말 갚을까?', '갚지 않으면 관계가 틀어지지는 않을까?'라는 근심으로 가득 차 있었다. 목사님 설교에서 "아무것도 바라지 말고 꾸어 주라."는 말씀에 깜짝 놀랐다. 이어진 성경 구절은 "너희 아버지의 자비로우심 같이 너희도 자비로운 자가 돼라."(누가복음 6장 36절) 마치 나를 향한 메시지 같이 느껴졌다.

'자비(慈悲)'란 사랑하고 가엾게 여기는 마음이라 했다. 하지만 현실 속에서 그 자비를 실천하기란 얼마나 어려운가. 누군가에게 손 내밀어 도와주고 싶다가도 돌아서는 순간 내 형편이 먼저 떠오른다. 머리로는 이해하면서도 마음은 복잡하게 얽혀 있다.

동생이 아파트를 판다는 말을 들었을 때도 그랬다. 얼마나 어렵고 답답했으면 하는 연민보다, 잘될 때 대책을 세웠더라면 하는 서운함이 앞섰다.

고생하며 마련한 아파트까지 판다는데 위로보다 돈의 압박이 더 크게 느껴졌다. 나도 여유로운 처지가 아니었다. 아들 결혼을 앞두고 있었기에 더욱 그랬다.

돌아가신 엄마는 이렇게 말했을 것 같다.

"니가 사는 게 그래도 좀 낫지 않냐. 어떻게 좀 도와줘라."

그렇다. 아직 빚이 없고 의식주 걱정 없이 살고 있다. 그것이 곧 여유라는 뜻은 아닐지라도 말이다.

내가 명품을 좋아하지 않아도. 14년 된 차를 타고 다녀도. 살다 보면 늘 돈은 필요하고 부족하다. 그래서 기본만 지키고 절약하며 살아간다. 하고 싶은 것, 다 하지 않아도 살아진다는 걸 알기에 더 욕심내지 않으려 애쓰고 있다.

돈을 빌린다는 것은 자존심 상하고 절박한 일이다. 마지막 지푸라기를 붙잡는 심정으로 용기 냈을 것이다. 돕고 싶은 마음과 지켜야 할 선 사이에서 매번 흔들린다. 때로는 큰 돈을 주어 마음 졸이지 않게 도와주지 못하는 것도 속상하다.

동생은 아파트를 팔아 급한 불을 끄고 정해진 기한 내에 빌려 간 돈을 갚았다. 내 마음은 편치 않았다. 돈은 돌아왔지만, 관계와 연민의 무게는 여전히 마음을 짓눌렀다. 자신의 보금자리까지 내놓아야 했을 안타까움이 더 크게 밀려왔다. 서로의 삶을 지키는 거리 안에서 손을 내밀 때, 관계는 빚이 아니라 믿음으로 남는다.

동생을 지켜주고 싶은 마음이 크다. 힘든 시간을 묵묵히 견디며 살아온 동생이다. 다시 힘을 내어 걸어갈 수 있기를 진심으로 응원한다.

살다 보면 누군가의 절박한 요청 앞에서 흔들릴 때가 있다. 누군가를 돕는다는 일이 곧 자신을 잃는 일이 되어서는 안 된다.

아직 나는 완벽한 어른은 아니다. 어둠 속에서도 누군가의 이름을 불러줄 줄 아는 사람, 동시에 내 이름도 잃지 않는 사람으로 조금씩 자라고 있다.

나는 혼자가 아니었다

3

길을 비춰 준 사람

박경애

언제나 길을 밝혀주는 사람이 있다. K 선배는 교육 현장 경력이 많으면서도 스스로 배우는 일을 멈추지 않았다. 좋은 강의가 있으면 시간과 비용을 아끼지 않았고, 그 과정 자체를 즐겼다.

또 새로운 배움의 자리가 생길 때마다 어김없이 내게 연락을 주었다.

돌이켜보면 지금의 내가 있기까지 그 손길이 많은 부분을 지탱해 주었다.

한때 살기에 바빠 삶을 돌아볼 여유가 없었다. 가장으로 경제적 책임져야 했기에 하루하루 버티는 데 급급했고 미래를 생각할 여유도 없었다.

"좋은 강의가 있어요. 한번 들어보실래요?"

그 한마디는 내 삶에 작은 통로를 만들었다. K 선배가 건네는 손을 잡았고 멈춰 있던 삶은 다시 움직이기 시작했다. 지금의 나를 만든 분이나 다름없다. 선배 덕분에 책을 좋아하게 되었고 글쓰기에 재미를 붙였다.

어느 날 선배가 3p 바인더 '자기 경영사 2급' 과정을 권하였다. 세 명이 한 팀으로 수업을 받았다. 첫날에는 롯데 백화점 휴식 공간에서 만나기로 했다. 그러나 코로나로 문이 닫혀 백화점 옥상 야외에서 만났다. 그곳에서 하루 실행한 것을 기록하는 법을 배웠다. 어느 날은 K 선배가 운영하는 유치원에서도 만났다.

3P 바인더를 처음 만났을 때, 나는 삶을 정리할 여유가 없는 사람이었다. 계획은 늘 마음속에만 머물렀다. 그런 나에게 선배는 3P 바인더를 활용하여 '잘 살아야 한다'가 아니라 '지금 어떻게 살고 있는지'부터 적어보라고 말했다.

목적을 쓰는 페이지에서는 처음으로 내가 왜 이 일을 하고 있는지 묻는 문장과 마주했다. 뚜렷한 답은 없었지만, 그간 방향 없이 달리고 있었다는 사실을 깨달았다.

계획을 적는 시간은 잘 지키기 위한 계획이 아니라 나를 이해하기 위한 기록이었다. 하루를 다 채우지 못해도 그 이유를 적는 것으로 충분했다.

지금은 그 바인더를 펼치지는 않는다. 하지만 그때 배운 한 가지는 여전히 남아 있다. 시간 관리를 효율적으로 하는 일이었다. 시간 관리는 더 많이 해내는 기술이 아니라 내가 어디에 시간을 쓰고 있는지를 아는 일이었다. 그 깨달음은 시간을 쫓아가지 않게 했고, 하루를 대하는 태도도 달라지게 했다.

그때의 바인더는 지금도 삶을 되돌아보게 하는 하나의 기준이다. K 선배를 통해 서서히 나는 변화되었다.

코로나로 인해 사람들을 만날 수 없었다. 세상은 멈춰 있었지만, 오히려 나에게로 걸어 들어가는 방법을 익혔다.

K 선배는 '새벽기상 438'이라는 줌(zoom) 모임에 나를 초대했다. 438은 새벽 4시 38분 기상이다. 눈을 뜨자마자 줌에 접속하고 단체 카톡에 그날의 핵심 단어를 적으면 출석이 된다. 각자의 루틴을 실천했다. 책을 읽고 본 것, 깨달은 것, 적용할 것, 정리해 공유하였다. 각자 선언한 목표를 매일 단톡에 인증했다. 나는 다리 근육 키우겠다며 아파트 15층 계단을 오르고 인증사진을 남겼다.

매일 15층 계단을 오르며 '어제보다 나은 나'를 향해 숨을 들이켰다. 그 시간은 내 안의 잠든 의지를 깨우는 속삭임이었다.

그곳에서 아침 6시에 모여 30분 동안 운동하는 '몸공(몸이라 쓰고 마음이라 읽는다)' 소장님을 만났다. 매일 줌(zoom)을 열고 음악과 스트레칭으로 우리를 이끌었다. 폼롤러, 댄스, 요일마다 다른 프로그램으로 몸을 깨워준다. 단체 카톡에서는 건강한 먹거리도 알려 주었다.

혼자서는 어려운 일을 함께라서 할 수 있다고 소장님은 말했다. 쉬운 일이 아님에도 그 열정을 매일 보여주는 모습에 감사한 마음이 컸다.

100일 단위로 시즌이 새로 시작된다. 시즌이 끝나면 소액을 거두어 기부도 하고 일 년에 두 번 전국 각지에서 모여 얼굴을 마주했다.

몇 번의 거절을 하였지만, 적극적으로 K 선배를 몸공에 초대했다. K 선배는 책상에 앉아있는 시간이 많은데 운동할 수 있게 초대해 주어 고맙다고 말했다. 내가 항상 도움을 받는다고 생각했는데 도움이 되어 뿌듯했다.

2025년 새해, 서울 조계사의 템플스테이도 K 선배와 함께 참여했다. 전국 60여 명의 회원들은 이름 아닌 별칭으로 불렀다. 소장님과 대구팀 네 명, 대전팀 두 명, 울산팀 한 명, 광주팀 두 명 모두 열한 명 참가했다. 줌으로 매일 보아서인지 낯설지 않았다.

종교는 제각각이었지만 마음을 열고 함께 했다. 시간표에 따라 관음관 삼 층에서 108배를 하였다. 우리 일행 중 세 사람만 108배를 끝까지 했다. 예전에 삼천 배를 한 저력으로 오랜만에 하는 108배였다. 다리가 아팠지만, 마음은 오히려 가벼웠다.

돌아보면 이렇게 나를 돌보고 가꾸며 살아갈 수 있게 된 건 결국 K 선배 덕분이다.

환갑과 진갑을 훌쩍 넘긴 나이임에도 K 선배는 오히려 50대보다 젊어 보인다. 어디에서 그 끝없는 열정이 흘러나오는지 알 수 없지만, 에너지는 사람의 마음을 변화시키는 힘을 가지고 있다.

K 선배와 대화를 나누고 나면 "못 할 것 같다."라는 말이 "할 수 있다."로 자연스레 바뀐다. K 선배가 열어 준 배움의 길 위에서 조금씩 더 단단

해지고 있다. K 선배는 나에게 길을 알려 준 사람이 아니라 나라는 사람을 다시 일으켜 세워 준 사람이었다. 어둠 속에서도 나의 이름을 불러준 그 목소리 덕분에 나는 다시 나를 바라보고, 다시 걷고, 다시 살아가게 되었다. 그리고 언젠가 누군가의 어둠 속에서도 나 또한 그들의 이름을 부르며 작은 불빛이 되어주고 싶다.

이 글을 쓰면서 "고마움을 잊고 살면 안 되겠다."라는 생각한다. 사람은 누구나 어려울 때 도움의 손을 잡는다. 괜찮아지면 슬그머니 그 손을 놓아버리기도 한다. 다짐한다. 어려울 때만 잡고 괜찮으면 놓아버리는 삶을 살지 않기로 한다.

누군가가 내 이름을 불러주던 순간이 있었기에 다시 나로 설 수 있었다.

그 기억 하나만은 끝까지 품고 가고 싶다. 혹시 지금의 내가 누군가에게 그런 사람이 될 수 있다면 그것만으로도 이 삶은 아주 값지다고 믿는다.

4

그리움이 머무는 자리

박명애

2025년 9월 중순경, 비구름이 잦던 어느 날, 여느 때와 다르게 높고 푸른 하늘이 보였다.

하얀 구름은 바람에 흩어졌다가 다시 모여들며 서로 다른 풍경을 만들었다. 한 폭의 그림을 나에게 선물해 주는듯하여 바라보며 복잡한 일과의 하루를 비우는 순간, 아버지가 위독하다는 연락을 받았다.

병원으로 향하는 길, 마음에는 먹구름이 짙게 드리웠다.

병원에 도착하니 막내 여동생이 먼저 와 있었다.

아버지는 바짝 마른 몸으로 침상에 누워 있었다. 힘겹게 숨을 몰아쉬는 동안 땀이 온몸으로 흘렀다.

나는 아버지 귀 가까이에 입을 대고 떨리는 목소리로 말했다.

"아버지, 저 명애 왔어요."

나는 혼자가 아니었다

잠시 두 눈을 가늘게 뜬 아버지는 힘겹게 나를 바라보았다. 말을 하지 못했지만 '명애 왔나?' 하고 부르는 듯 입술이 떨렸다.

시간이 흐르자 땀은 마르고 몸은 서서히 차가워졌다. 고통스러운 몇 시간이 흐른 뒤 육 남매와 손주들이 지켜보는 가운데 아버지는 조용히 눈을 감으셨다.

이제는 아버지의 얼굴을 쓰다듬을 수도 두 손을 잡아줄 수도 없다. 환하게 웃으며 자식을 맞아주던 모습도 유쾌한 목소리도 다시 들을 수 없다.

아버지는 삶에 대한 애착이 강하였다. 병세가 조금만 나아져 곧 퇴원할 수 있으리라 믿고 있었다.

"힘내서 이겨내세요."라는 말에 두 손가락으로 브이(V)를 그리며 미소 띠었다.

입원 생활이 길어지자 "왜 퇴원을 안 시켜주냐"고 간병인과 간호사에게 짜증을 내기도 했다.

몸 상태가 아직 회복되지 않아 경과를 지켜봐야 한다는 말을 전하면 잠시 마음을 가라앉히는 듯하였다. 나는 그저 "아버지, 잘 버티고 있어요."라고 말하며 두 손을 꼭 잡아 드리는 것밖에 할 수 있는 게 없었다. 아버지는 숨이 가빠도 내 손을 꼭 잡고 말했다.

"명애야… 오늘은 좀 힘이 좀 나는구나."

그 한마디는 아버지가 떠난 뒤에도 오래도록 내 삶을 붙잡아 주었다.

누군가의 곁을 지킨다는 게 얼마나 큰 힘이 되는지를 그때 알았다.

기운이 있는 날에는 손주들 이야기를 묻기도 하며 오랜 시간 곁에 있어 주기를 원하였다. 주말마다 자식이 와 주기를 부모님은 얼마나 기다렸을까 싶은 마음이 깊게 와닿았다.

몇 년 전, 둘째 언니는 마당 장독대 옆 꽃밭에 아버지가 좋아하던 국화를 심었다. 가을이면 노랑 · 자주 · 하얀색의 국화가 피었다. 줄기가 옆으로 휘어지면 아버지는 줄로 묶어 한 아름의 꽃을 만들어 주었다. 아버지를 떠나보낸 지 한 달이 지났다.

문만 열면 "왔나?" 하고 웃어줄 것 같다. 휘어진 국화들은 아버지를 기다리는 듯 더욱 풍성하게 피어 있었다. 작은 가지마다 아버지의 손길이 고스란히 남아 있었다.

아버지가 늘 묶어주던 줄기는 아무도 돌보지 않는데도 서로 기대며 햇빛을 향해 곧게 뻗어 있었다.

그 모습을 바라보다 문득 깨달았다.

사람도, 꽃도 혼자 서는 것이 아니라 서로 기대어 선다는 사실을.

꽃대를 묶어두던 아버지의 손길은 꽃을 묶은 게 아니라 흩어지기 쉬운 우리 육 남매를 보이지 않게 감싸주었던 것이었다.

아버지는 대화를 좋아하던 분이었다.

나는 혼자가 아니었다

"세상은 정치와 경제로 움직이지만, 사람의 기본은 서로를 존중하는 데 있다. 넘어진 이를 일으켜 세우고, 약한 이를 먼저 돕는 것이 참된 삶"이라고 말씀하였다. 책임과 성실을 지키는 것이 삶의 가장 큰 힘이 될 것이라고 일깨워 주었다.

기분이 좋아지면 '물레방아 도는데'를 부르며 가수 나훈아의 노래를 흥얼거렸다. 내가 박수 치며 "앵콜!"을 외치면 방 안은 금세 웃음으로 가득 찼다.

겨울이면 아버지는 뜨끈한 오리 백숙을 유난히 좋아했다. 남동생은 가마솥에 장작불을 지펴 몇 시간이고 정성껏 백숙을 끓였고 육 남매는 음식을 차려 이야기꽃을 피우며 식사를 함께했다.

셋째딸인 나에게 아버지는 "뭐 그리 바쁘게 사느냐."라며 부지런히 살아가는 모습을 자주 칭찬해 주었다. 때로는 쉬어가는 법도 배우야 한다며 긍정의 에너지를 건네주곤 하였다.

아버지는 깔끔하고 까다로운 편이었다. 식성도 담백하고 옷차림까지 정갈해 우리는 늘 분주하게 맞춤 음식을 준비하곤 했다.

가끔 원하는 재료가 없어 여러 가게를 전전할 때면

"아휴, 아무거나 잘 드시면 좋으련만…." 하는 푸념이 절로 나왔다.

하지만 그 푸념은 잠시뿐이었다. 준비한 음식을 마음에 들어 하실까 걱정하며 조금은 긴장된 마음으로 아버지를 찾아뵈었다.

활동이 왕성하던 시절, 자식들이 먹고 싶다 하면 아버지와 어머니는 즐겁게 시장을 보고 맛있는 엄마표 음식을 내어주었다. 그 마음의 바탕에는 언제나 사랑이 있었다.

이제는 상황이 바뀌었고 부모님이 주었던 무조건적인 사랑을 얼마나 돌려주었는지 되돌아 본다.

아들 하나, 딸 다섯의 육 남매는 서로에게 의지하며 한마음이 되었다. 밝은 모습을 보이려 애썼지만, 49제를 지내러 모일 때마다 아버지를 향한 그리움 앞에서는 눈물을 숨기지 못했다.

이제 아버지는 우리 곁에 계시지 않지만 오랫동안 아버지 삶의 지혜와 현명함, 인자하심을 마음을 품고 살아갈 것이다.

그리움의 끝에는 사랑이 함께한다. 아버지의 삶은 여정이 긴 여행을 다니는 여행자 같다. 이제는 돌아오지 못하지만 함께 나눴던 여행 속에서 가졌던 기쁨과 감사함을 나는 고스란히 간직하고 있다.

다른 이들과도 행복감이 넘쳐나 활기찬 에너지를 건네고 싶다.

5

첫걸음 뒤에 있던 손길

박영희

1981년 고등학교를 졸업하자마자 집안 친척(외사촌)의 소개로 C 기업에 입사했다.

"좋은 회사니까 오래오래 다녀라."

부모님의 그 한마디는 낯선 세상으로 나가는 나에게 건네는 든든한 응원처럼 들렸다. 기대와 설렘이 있었지만, 한편으로는 막연한 두려움이 마음 한구석에 자리했다.

학교생활을 막 벗어나 시작한 사회생활은, 모든 것이 새롭고 어색하게 느껴졌다. 첫 사원 연수는 삼성 연수원에서 진행되었다. 그때는 뭔지도 모르고 무작정 시키는 대로 교육받고 따라 했다. 돌이켜보면 체력 단련과 토의·발표, 사회적 소통 훈련까지 사회생활의 기본기를 익히는 철저한 시간이었다. 이어진 판매직 마케팅 워크숍에서도 일주일간 합숙하며 고객 응대, 시장 분석, 진열 전략을 배웠다. 사회 초년생이던 나에게는 벅찼지만, 세상을 배우는 값진 과정이었다.

연수를 마치자마자 영업 현장에 배치되었다. 회사의 주요 제품인 설탕, 밀가루, 부침가루 등을 진열하고 정리했다. 상품을 고객의 눈에 잘 띄게 관리하는 것이 내 업무였다. 상품 하나에도 회사의 신뢰가 담긴다는 말처럼, 그 진열대가 곧 회사의 얼굴이라는 생각으로 하루하루 최선을 다했다.

대구 시내 곳곳의 슈퍼마켓을 돌며 상품 진열을 확인하고 물품을 보충했다.

아침부터 해 질 무렵까지 뛰어다니다 보면 다리가 퉁퉁 붓고 몸은 녹초가 되었다.

소극적인 성격 탓에 사람들과 대화하는 것도 서툴렀다. 새로운 사람을 만나는 일은 늘 부담스러웠고, 어려웠다. 그래서 조용히 인사도 제대로 건네지 못하고 진열만 확인하고 나온 적도 있었다. 결국 업무 부진이라는 평가를 받았다. 그만둘까? 여러 번 흔들렸지만, 부모님이 실망할 것 같아 마음을 다시 잡았다. 그 전환점은 시식 이벤트 행사였다. 부추전을 부쳐 고객에게 시식으로 제공하는 행사였는데, 여러 사람과 함께 분주하게 움직이다 보니 마음이 조금씩 열렸다. 선배 언니는 "영업은 얼굴에 철판을 깔아야 한대이~"라고 농담 섞인 조언을 했다. 처음엔 그 말이 어려웠지만, 미소를 먼저 짓고 인사를 건네는 작은 실천을 반복하며 서서히 적응해 갔다.

세상의 문턱은 높아 보였지만, 그 문턱을 넘는 용기도 이렇게 조금씩 자란다는 것을 배웠다.

명절이 다가오면 나는 백화점에 파견되어 일했다.

당시에는 명절 선물로 설탕 한 포대를 주고받는 풍경이 흔했다.

그 시절 설탕은 귀한 음식이었다.

어릴 적, 엄마는 설탕을 부엌 찬장 깊숙이 숨겨두셨고, 나와 동생은 그 단맛을 찾아 몰래 찬장을 기웃거리곤 했다. 찬장 위 설탕통을 꺼내려다 그만 몽땅 쏟아버려 엄마께 호되게 혼난 적도 있었다.

그래서였을까. 명절마다 설탕을 선물로 주고받는 그 풍경이 유난히 정겹고 의미 있게 느껴졌다.

20kg짜리 설탕 포대를 포장해 고객의 차량까지 직접 들고 배달해 주었다.

작은 체구의 내가 그 무거운 포대를 들고 주차장까지 옮길 때면 온몸이 쑤시고, 몸은 천근만근이 되었다. 그러나 고객이 "감사합니다." 한마디 건네고 고마워하면 모든 피로가 스르르 풀렸다.

그 말 한마디가 내게는 일의 보람이자 '사회인으로 인정받는 느낌'이었다.

그렇게 일하며 받았던 첫 월급이 얼마였는지는 정확히 기억나지 않는다. 월급봉투 속 금액보다, 내가 번 첫 돈이라는 사실이 더 벅찼다. 빨간색 내복 한 벌을 샀다. "첫 월급 받았습니다."라고 했던 날, 아버지의 미소와 어머니의 젖은 눈가의 모습이 희미하게 떠올랐다.

C 기업은 내게 첫 직장이자 사회의 문을 열어 준 고마운 터전이었다. 1년 남짓 근무했을 무렵, 친구들은 대학 생활을 하고 있었다. 여고 시절 유난히 예쁜 친한 친구가 유아교육과를 다니고, 미술대학을, 경영학과를 다닌다고들 했다. 그들의 모습이 부럽기도 했다. 나도 대학을 가고 싶은 욕구가 생겨나기 시작했다. 그들 사이에서 나는 또 다른 길을 가는 이방인이었다. '내가 진짜 원하는 삶은 무엇일까?'

어릴 적 다락에 분필로 판서를 하며 동생들과 선생님 놀이를 하던 기억이 떠올랐다.

'나는 교육의 길을 가야 하는 사람인지도 몰라.' 그 생각은 점점 뚜렷해졌다.

"좋은 회사인데 와? 그만둘라 카노."

부모님은 아쉬워했다. 부모님의 걱정에도 용기 내어 대학 진학을 하겠다고 말하였다. 아버지는 묵묵히 입학원서 접수처까지 데려다주었다. 마감 몇 분을 남긴 시각, 유아교육학과 원서를 제출했다. 내 삶의 또 다른 문이 열리는 순간이었다.

나는 혼자가 아니었다

회사 생활에서 얻은 첫 사회 경험으로 대학 생활도 끈기 있게 잘할 수 있었다. 장학금을 받기도 했다.

우수한 성적으로 졸업해 모교 부설 유치원에서 근무하게 되었다. 교사로서 일은 보람되고 즐거웠다.

10년간 교사로 근무하다 원감을 거쳐 나의 유치원을 운영하게 되었다. 원장에 이르러며 모교 대학의 유아교육학과 겸임 교수로도 일할 수 있었다. 유아교육은 나의 직업이자 꿈이 된 것이다.

'그때 회사를 계속 다녔다면 지금의 나는 어떤 사람이 되어 있을까?'

아마 안정된 직장인이 되었을지도 모른다. 그러나 나는 '안정'보다 '성장'을 택했다. 그 선택의 밑바탕에는 아버지의 믿음과 보이지 않는 손길이 있었다.

첫 직장에서 떨리는 마음으로 내디뎠던 그 발걸음처럼, 지금도 새로운 시작 앞에서는 두렵고 설레는 마음이 함께한다.

하지만 그 문턱을 넘게 하는 힘은 거창한 것이 아니라, 누군가의 작은 믿음과 응원이다.

이제는 내 차례가 아닐까.

삶의 여러 갈림길에서 넘어지고 일어서기를 반복하며 여기까지 걸어왔다.

그 경험들이 쌓여 이제는 누군가의 불안한 첫걸음 옆에서 손을 잡아

줄 힘이 내게도 생겼다는 생각이 든다. 삶의 선택 앞에서 흔들리는 사람에게, 한때 누군가가 내게 그랬듯 조용히 곁에 서서 응원이 되고 싶다. 누군가의 용기가 되는 일, 작은 손길이 힘이 되는 그 역할을 기꺼이 감당하며 살아가고 싶다.

나는 혼자가 아니었다

6

운명적 단어 하나

이가경

"이제 진짜 시작이구나!"

유치원 7세 반 담임을 맡은 첫날, 설렘과 두려움으로 교실 문을 열었다. 아직은 고요한 교실. 창문을 열어 환기시키고 작은 책상과 의자를 가지런히 놓았다. 사물함에 이름표가 잘 붙어 있는지, 색연필, 크레파스, 스케치북은 빠짐없이 정리되어 있는지 확인했다.

아침 9시가 가까워져 오자 복도 끝에서 아이들의 발소리가 들려왔다.

"선생님, 안녕하세요!"

두 팔을 벌리고 달려오는 아이가 있었고, 엄마 손을 꼭 잡은 채 수줍어하며 다가오는 아이도 있었다. 등원 버스가 도착하자 교실은 웃음과 활기로 가득 찼다. 그 모습이 반가우면서도 한편으로는 긴장되었다. 하루를 잘 이끌 수 있을까 하는 마음 때문이었다. 그날 아침, 책임감을 가득 안고 첫 등원을 맞았다.

아이들은 저마다 다른 얼굴로 교실 안에 자리를 잡았다. 초롱초롱한 눈빛 앞에서 나는 비로소 교사가 되었음을 실감했다. 함께 어떤 활동을 해볼까, 무슨 수업을 하면 더 재미있을까, 매일 교육계획안을 쓰며 고민했다. 아이들의 하루가 즐겁기를 바랐고 교사로서 나 역시 의미 있게 성장하고 싶었다. 그렇게 분주하고 설레는 첫 주가 지나갔다.

우리 반에는 유독 나에게 고민을 안겨주던 두 아이가 있었다. 민준이는 똑똑한 아이였다. 앉은 자세도 바르고, 그림도 꼼꼼하게 그리며 글씨도 또박또박 잘 썼다. 문제는 정서적 반응이 예민하다는 점이었다. 조금만 마음이 상해도 입을 꾹 다물고 아무것도 하지 않았다. 하고 있던 활동이 마음에 들지 않으면 눈물을 뚝뚝 흘리고, 아침에 친구와 사소하게 다툰 날에는 그 일로 종일 마음을 닫아버렸다.

"민준아, 선생님이랑 이야기해볼까?"

"싫어요."

점심시간과 자유놀이 시간에도, 교실 한 켠에서 등을 돌린 채 앉아있었다. 한번 마음이 틀어지면 쉽사리 회복되지 않는 아이에게 어떻게 다가가야 할지 막막한 날들이 이어졌다.

또 다른 아이 도현이는 단체 생활이 쉽지 않은 친구였다. 수업 중 바닥에 드러눕고, 활동 중에는 책상 밑으로 들어가 나오지 않았다.

"선생님, 나 이거 하기 싫어요."

활동을 시작한 지 몇 분도 지나지 않아 포기부터 했다. 점심시간에도 자리에 오래 앉아있지 못하고 교실을 돌아다녔다. 다그쳐도 소용없고, 타일러도 오래가지 않았다. 친구 곁으로 다가가 장난을 걸었다. 도현이를 달래느라 식사는 뒷전이 된 채 오후 수업을 시작해야 했다.

하루가 끝나면 몸보다 마음이 먼저 지쳤다. 교실 불을 끄고 나오는 길, 복도 끝 유리창에 비친 내 얼굴이 낯설 만큼 자신 없어 보였다. 그 무력함을 견뎌보려는 마음으로 퇴근 후 책을 펼쳤다. 하지만 이론서에 쓰인 문장들은 현장의 복잡한 현실 앞에서 멀게만 느껴졌다.

어느 토요일, 교사 연수가 있는 날이었다. 쉬고 싶은 주말 아침이었지만 강의 장소로 향했다. 교육이 시작되고 강사님은 감정과 사고의 관계에 대해 이야기했다. 그중 한 문장이 또렷하게 들려왔다.

"좋은 감정은 어려운 일도 가능하게 하지만, 부정적인 감정은 사소한 일마저 버겁게 만듭니다."

필기하던 손을 잠시 멈추고 고개를 들었다. 이 말은 우리 교실의 한 장면과 겹쳐지며 민준이의 얼굴을 떠올리게 했다.

내가 마주해왔던 것은 민준이의 단순한 '고집'이 아니라 마음속의 불안이 만든 '멈춤'이라는 것을 깨달았다. 아이의 완벽주의 뒤에 숨어 있던 불안, 그것을 먼저 다독여 줄 힘이 필요했다.

강의가 한참 이어지던 중, 강사님이 낯선 단어 하나를 꺼냈다.

"회복탄력성에 대해 들어보셨나요? 어려운 상황 가운데서도 다시 일어날 수 있는 내면의 힘을 의미합니다."

그 순간, 머릿속에 흩어져 있던 장면들이 하나씩 연결되기 시작했다. 내가 오래 붙들고도 찾지 못했던 실마리가 그 문장 속에 있었다.

'그래, 이거야.' 온몸에 전율이 흘렀다.

조금만 어려운 일이 닥치면 금세 "하기 싫어요."라고 말하던 도현이. 바닥에 눕거나 책상 밑으로 숨어버리던 행동. 그때는 단순히 산만한 아이라 여겼다. 하지만 되짚어보니, 그것은 스스로 감당하기 어려운 상황 앞에서 움츠러든 마음의 표현이었다. 작은 좌절 앞에서도 금세 자신감을 잃고, 어려운 순간을 견디지 못해 회피로 반응한 것이었다. 그동안 도현이의 행동을 문제로만 여기며 통제하려 했던 내가 부끄러웠다.

그날 이후, 교실 속 아이들의 행동이 새롭게 보이기 시작했다. 문제를 해결하려 애쓰기보다 아이들의 마음을 먼저 살폈다. 실패를 대신 막아주지 않고, 다시 시작할 수 있도록 기다렸다. "포기하지 마." 대신 "괜찮아,

다시 해도 돼."라고 말했다.

아이들은 서서히 달라졌다. 민준이는 속상한 일이 있어도 잠시 시간을 가진 뒤 다시 활동에 참여했다. 도현이는 끝까지 하지 못해도 시도하려는 모습을 보이기 시작했다. 그 변화를 지켜보며 깨달았다. 진짜로 변하고 있던 사람은 아이들이 아니라 나였다는 사실을.

힘겨웠던 초임교사 시절, 우연히 만난 '회복탄력성'은 아이들뿐 아니라 나를 다시 일으켜 세웠다. 돌이켜보면 강사님은 신의 손길처럼 방향을 건네준 사람이었다. 교실 속에서 두 아이가 보여준 고집과 눈물 또한 나를 회복의 길로 이끈 안내자였다.

그날 이후 회복탄력성에 깊이 매료되었다. 아이들의 내면에 힘을 길러주고 싶다는 마음으로 공부를 이어갔다. 학기 중에는 유치원에서 아이들을 가르쳤고, 방학이면 대학원에서 학업에 매진했다. 그 시간들은 내게 큰 기쁨이었다. 배운 내용을 곧바로 현장에 적용하고, 유치원에서의 경험을 다시 대학원 강의 속에서 풀어낼 수 있었기 때문이다. 석·박사 학위 논문의 주제로 '회복탄력성'을 선택했다. 논문을 쓰는 동안에도 교실 장면들이 자주 떠올랐다. 민준이가 마음을 다잡고 다시 연필을 쥐던 순간, 도현이가 힘들어도 다시 시도해보겠다고 말하던 얼굴. 그 장면들은 연구의 배경이 되었다.

시간이 흐른 지금, 이제는 교실을 넘어 양육자와 교사, 일상에서 회복이 필요한 사람들을 만나 교육하고 있다. 그리고 회복탄력성 전문기관인 스프링미(SpringME)를 설립하게 되었다.

이 모든 시작은 작은 교실에서 만난 아이들 덕분이었다.

나는 혼자가 아니었다

7

말보다 행동으로

루시 Lucy

결혼한 지 2년 차에 우리 부부는 전세자금까지 털어 프랜차이즈 BBQ 치킨을 시작했다. 세상 물정 몰랐던 신혼부부가 갓 돌 지난 아이를 데리고 무작정 뛰어든 사업이었다.

믿고 맡길 어린이집을 찾지 못해 결국 친정엄마기 이이를 10개월 동안 돌봐주었다. 그때의 피로가 얼마나 컸던지 엄마가 대상포진에 걸렸다는 소식을 듣고 마음이 저릿했다.

처음엔 치킨집도 저녁 7시면 문 닫는 줄 알았다. 하지만 현실은 달랐다. 오전 11시에 문을 열어 자정에 닫는 연중무휴 같은 삶. 설날과 추석 이틀씩, 여름휴가 하루가 전부였다.

주문은 밀리고, 주방은 뜨겁고, 손은 쉴 틈이 없었다. 당시는 배달 시스템도 없어 남편이 배달을 모두 도맡았고 나는 가게와 육아를 함께 해야 했다.

근처 치킨집 네 곳이 서로 인연이 닿아 가끔 모임을 했다. 밤 12시 반쯤 가게 문을 닫고 모여 야식을 먹으며 서로의 고단함을 나누었다. 그중 페리카나 사모님이 있었다. 나보다 아홉 살 많았고, 온화한 성품을 가진 분이었다. 고향이 안동 근처라는 공통점에다 식품영양학과를 나온 점, 책 읽기를 좋아하는 취미까지 닮은 부분이 많았다.

그래서였을까. 나는 그분 앞에서만큼은 긴장을 내려놓고 속마음을 털어놓을 수 있었다.

"아이들은 엄마가 필요할 텐데, 내가 너무 미안해요."

이런 말조차 쉽게 하지 못하던 내가 그분 앞에서는 오히려 편안해졌다. 그분은 나보다 먼저 겪은 시련과 회복의 시간을 알고 있었다. 치킨집은 음지에 있어 한겨울에는 난로를 켜도 손끝이 시릴 만큼 추웠다. 23개월 된 큰아이 역시 그 추위를 함께 견뎌야 했다. 아이들이 엄마를 가장 찾는 저녁 시간에 곁에 있어 주지 못한 죄스러움이 늘 마음을 무겁게 했다.

"다 그런 시절이 있어. 지나고 나면 다 살아낸 시간이야."

그 한마디가 얼마나 큰 위로였는지 모른다.

오래전에 가게를 그만두었지만, 페리카나 사모님은 20년이 넘도록 같은 자리에서 장사를 이어가고 계신다. 가끔 들르면 여전히 얘기를 잘 들어준다.

경청하면서 감탄해 주는 목소리를 들으면 알고 있는 것을 더 꺼내 알려주고 싶어진다. 칭찬이라는 건 참 신기한 힘이 있다.

2002년 둘째를 임신했을 때 월드컵 열기로 배달업이 호황이었지만 정작 우리는 끼니도 제대로 챙기지 못했다. 국수를 시켜놓고 일에 쫓겨 다 불어버린 면을 먹은 날이 셀 수 없이 많았다. 무리한 탓인지 둘째는 8달 반 만에 태어나 스무날 넘게 인큐베이터에 누워 있었다.

그때 나는 모든 책임이 나에게 있는 것 같아 눈물이 났다. 그 힘겨운 시절에도 감사할 만한 사람들이 있었다. 바로 옆, 청송 과일가게의 여자 사장님이었다. 남편은 택시 기사였고, 사장님은 작은 점포에서 과일가게를 운영했다. 둘째까지 태어나 정신없는 날에 우리가 정말 바쁠 때면 아이들을 대신 봐주었다.

어떤 대가도 바라지 않았다. 그 따뜻한 마음은 지금도 잊을 수 없다.

몇 년 전 다시 찾아갔을 때도 여전히 자리를 지키고 있었다. 고마운 마음에 화장품을 선물로 드렸더니, 오히려 사과 한 상자를 내어 주시며 환하게 웃었다.

그 순간 마음으로 건넨 고마움은 이렇게 또 다른 따뜻함으로 돌아온다는 것을.

시아버님이 그 무렵 다리 관절 수술을 하였다. 일을 쉬고 있어서 아이들을 많이 봐주셨다.

친정엄마, 과일가게 사장님, 시어른들…. 그분들이 있었기에 두 아이는 무탈하게 자랄 수 있었다.

백 세 시대의 절반을 지나오며 이제야 '나'라는 사람을 조금씩 알아가고 있다. 겉으로는 아닌 척했지만, 사실 나는 칭찬받는 것을 은근히 좋아하는 사람이다.

사회생활을 시작하고부터는 유독 나보다 열 살 정도 많은 선배들과 자연스럽게 어울렀다. 그들과 있을 때 마음이 편안했던 이유는, 그들의 말 속에 삶의 온도가 있었기 때문이다.

조급함 대신 여유가 있었고, 판단 대신 경험에서 나온 배려가 있었다. 실수를 해도 "괜찮아, 누구나 그럴 때가 있어."라고 말해주던 사람. 내가 미처 보지 못한 장점을 먼저 발견해 주던 사람….

그 따뜻한 시선 앞에서는 경계심을 풀고 숨겨둔 속마음을 말할 수 있었다.

'나를 평가하는 시선'이 아니라, '나를 이해하여 주는 마음' 곁에서 나는 편안해졌다.

살아오며 확실히 느낀 것이 있다. 말보다 행동이 사람을 살리는 순간

나는 혼자가 아니었다

이 많다. 힘들고 지쳐 있던 그때, 누군가는 따뜻한 말보다 먼저 손을 내밀어주었다. 그 손길 덕분에 버티고, 다시 일어설 수 있었다.

돌아보면 내 삶을 붙잡아준 것은 거창한 말이 아니었다. 필요한 순간 내 곁으로 조용히 걸어와 준 누군가의 작은 행동이었다. 그래서 '지행합일'을 삶의 신조로 삼는다. 말로만 아니라 실제 행동으로 나누는 사람이 되고 싶다.

누군가에게 건네는 따뜻한 미소 하나와 다정한 인사 한마디가 그 사람의 하루를 살릴 수 있다. 그리고 꼭 필요할 때 내미는 작은 도움은 한 사람의 인생까지 환하게 비출 수 있다. 그것을 삶 속에서 여러 번 보아왔다.

삶은 겉보기에는 혼자 버티는 것처럼 보이지만 사실은 보이지 않는 수많은 손길이 우리를 지탱해 준다.

때로는 말보다 행동이 더 큰 위로가 된다. 가장 필요한 순간 조용히 다가가는 마음, 그 마음이 모여 서로를 실리고 세상을 아름답게 만든다.

8

대체할 수 없는 존재, 엄마

이희정

인생은 꿈꾸는 대로 흘러가지 않는다.

대학을 졸업할 무렵, 취업은 마음처럼 풀리지 않았다. 우연히 학과 교수님 추천으로 조교를 하게 되었다. 이후에도 직장은 생활의 중심이 되지 못했고, 결혼 전까지 짧은 경험으로 남았다. 나에게 직장이란 미래를 설계하고 자아 실현하는 도구가 아닌 경제활동에 불과했다.

부모님의 도움 속에서 큰 어려움 없이 자랐지만, 더 나은 경제적 풍요를 갈망했다. 세상은 새롭고 신기한 것들로 가득했다. 그것들을 누리고 싶었다. 짧은 직장 생활 동안 번 돈은 모두 나에게 썼다.

예쁜 옷과 화장품, 부모님의 용돈으로는 엄두도 내지 못했던 연극과 뮤지컬 같은 문화생활을 아낌없이 누렸다. 하지만 자수성가한 부모님을 떠올리면 마음 한편이 늘 죄송했다.

그런 나를 부모님은 걱정스러운 눈으로 바라보았다. 특히 가족과 공동체에 성실했던 부모님은 전형적인 장녀 역할을 은근히 기대했다. 그 무게에서 벗어나고 싶던 내 앞에 남편이 나타났고, 그의 존재는 나에게 숨통을 틔워 주었다.

주말마다 근거리 외곽 데이트와 맛집을 데리고 가주었다. 뮤지컬도 흔쾌히 함께 봐 주었다. 태어나서 처음 먹어본 티본 스테이크도 남편이 사준 것이었다. 맛있게 먹고 집에 돌아가서는 밤새 배탈이 났던 웃지 못할 추억도 있다.

결혼은 장녀의 삶에서 벗어나는 길처럼 보였다. 그러나 친정엄마는 내 결혼을 마냥 기뻐하지 않았다. 그 당시 친구들과 비교하며 스물일곱의 이른 나이에 결혼하는 나를 안타까워하기도 했다. 그런 엄마를 이해하지 못했다.

남편은 내가 가진 능력을 인정하고 아껴주는 사람이었다. 그것을 온전히 가족과 아이 양육하는 데만 쓰이길 원했다. 내조에 충실하면서 틈틈이 중학생 과외를 하는 것까지는 양해하여 주었다.

첫 아이를 낳고 백일이 되었을 때 다시 아이들을 가르치게 되었다. 가르칠 동안 아기를 볼 사람이 필요했다. 기꺼이 친정엄마는 집에서 수업할 동안 외손녀를 봐 주었다. 유축해 둔 모유를 먹이고 목욕도 시키며 남편과 먹을 저녁거리도 마련해 주었다. 그 후 해가 질 무렵 집으로 돌아가

시곤 했다.

　같이 저녁도 먹고 자고 가도 될 텐데 굳이 집으로 가는 엄마가 서운했다. 돌아가시는 모습을 보는 것이 슬펐다. 집에 아빠가 기다리시고, 다음 날 당신이 하는 운동이나 생활이 있으니 가야 한다고 하였다. 엄마의 뒷모습을 베란다에서 지켜보면서 울었다. 백일 지난 아기를 꼭 안고, 노을 진 아파트 동 사이로 엄마가 사라질 때까지 바라보았다.

　엄마는 집을 나가시며 가끔 한마디 툭 던지고 가곤 했다.

　"집에서 애만 키울 거냐. 그렇게 살라고 대학 공부까지 시키지 않았다. 엄마 봐, 애 키우고 밥 밖에 할 줄 모르잖아. 내 딸은 그렇게 안 살았으면 좋겠다."

　그때도 그 말을 이해하지 못했다. 아이만 잘 키우면 된다고 믿었다.

　3년 뒤, 둘째를 낳고, 아이 둘을 키우며 알게 되었다. 10년 넘게 양육에 모든 에너지를 쏟는 동안 남편은 사회에서, 직장에서 승승장구하고 있었다. 나는 '좋은 엄마'와 '좋은 며느리'라는 역할 속에서 점점 나 자신을 잃어가고 있었다. '현모양처'는 내 인생의 목표가 될 수 없다는 사실을 점점 깨닫기 시작했다.

　엄마의 말이 그제야 마음속에서 아프게 울리기 시작했다.

　"애 좀 크면 공부해라. 아니면 일을 해라. 여자도 능력이 있어야 한다."

큰아이가 초등학교 3학년 때 문학 치료 공부를 시작했다. 그 사실을 알렸을 때, 전화기 너머에서 들려오던 엄마의 "잘했다." 한마디는 온몸을 데울 만큼 따뜻했다.

엄마는 아이들이 서너 살이 될 때까지 일주일에 두세 번은 먹거리나 간식을 챙겨왔다. 아이들이 어린이집과 유치원을 다니기 시작한 뒤부터는 매일 같이 전화를 하였다.

"오늘은 공주들 뭘 먹였냐."

"아토피 있는 작은 아이 피부는 좀 괜찮아졌냐."

"큰아이 공부시키면서 너무 혼내지 마라."

그렇게 하나하나를 빠짐없이 살폈다.

그런데 내가 공부를 시작했다고 말한 이후로는 질문이 달라졌다.

"오늘은 공부하러 가느냐? 무슨 공부냐?"를 꼭 묻곤 했다.

엄마는 당신 딸이 집에만 머무르지 않고, 무언가를 시작하며 다시 생기를 찾아가는 것이 좋았던 것 같다.

어느 날, 엄마와 통화하다가 "대학원에 가고 싶다"는 말을 꺼냈다. 이과를 전공한 나에게 인문학의 마음공부는 이토록 흥미진진할 줄 몰랐다.

엄마는 뜻밖의 말을 하였다.

"가거라, 더 늦기 전에. 엄마가 첫 등록금은 내어 줄게."

이날 엄마의 말은, 예전 어머니들이 장롱 깊숙한 이불 사이에 숨겨두던 순금 반지 같았다. 당장 꺼내 쓰지는 않지만, 정말 급할 때 의지할 수 있는 마지막 버팀목.

그 말은 공부하는 내내 나를 지탱해 준 든든한 백그라운드가 되었다.

문학 심리상담사 자격증을 취득하고 2017년 5월 대구평생교육원의 강사 모집에 지원했다. 6월 면접을 보고 다음 주 합격 문자를 받자마자 엄마에게 전화했다.

"엄마, 나 평생교육 강사에 합격했어!"

그것이 어떤 직업인지, 어떤 이득을 가져다주는지 엄마는 알 수 없었지만 들뜬 딸의 목소리에 함께 기뻐하고 축하해 주었다.

얼마 지나지 않아 큰 교회 도서관에서 문학 치료 프로그램을 맡게 되었다. 엄마는 "너는 선생이 딱이다." 하시며 응원해 주었다. 아빠는 강의 이야기를 들으며 자연스레 강사료를 물으셨고, 내가 금액을 말하자 잠시 말을 아꼈다. 그 일이 어떤 직업인지, 돈이 얼마나 되는지 중요하지 않았다. 엄마에게 중요한 것은 딸이 다시 살아 움직이고 있다는 사실, 그 하나였다.

쉰이 넘어서야 깨닫게 되었다.

한 사람, 엄마의 묵묵한 지지와 단 한마디의 말이 주부로 멈춰 있던 삶을 다시 움직이게 했다. 엄마는 늘 곁에 있었기에 그 소중함을 너무 늦게 알았다. 그럼에도 분명한 것은, 그 사람의 한마디 말 속에서 다시 시작되었다는 것이었다.

나는 혼자가 아니었다

9

삶의 선물

전향연

"딸 하나면 열 아들 부럽지 않다."

"둘도 많다! 하나만 낳아 잘 기르자."

1980~90년대를 살아온 나에게 이 말들은 너무도 익숙했다. 거리마다 걸린 현수막, 라디오와 텔레비전에서 반복되던 방송 문구, 학교와 직장에서 들려오던 캠페인 노래까지, 출산은 개인의 선택이라기보다 국가가 정해준 흐름을 따라야 하는 사회적 의무처럼 느껴졌다. 당시 한국은 경제 성장과 인구 조절을 위해 강력한 산아제한 정책을 펼쳤고, '둘만 낳아 잘 기르자'라는 구호는 사회 전체를 지배했다. 의료보험 혜택이나 세제 혜택도 자녀 수에 따라 달라졌으며, 출산은 자유가 아니라 국가적 과제로 여겨졌다. 좁은 집, 빠듯한 살림, 교회 부설 유치원 교사로 근무하며 아이 하나 키우기도 벅찬 세상이었지만, 나는 셋이나 낳겠다고 마음먹었

다. 지금 돌아보면 무모했을지 모르지만, 그 선택은 내 삶을 완전히 바꾸어 놓았다.

사람들은 내게 말했다.

"그만 낳아도 되지 않니?"

"딸 둘이면 충분하지 않아?"

그러나 내 마음은 달랐다. 종갓집 맏며느리로서 아들을 낳아야 한다는 책임감은 단순한 개인적 욕망이 아니라 집안과 사회가 함께 부여한 과제였다. 나라의 정책이나 사회 분위기보다, '한 생명만 더 품을 수 있다면' 하는 마음이 더 크게 자리했다. 의료보험 혜택도 받지 못했던 셋째였지만, 아들을 낳아 책임을 다하고 싶었다.

1990년 11월 27일, 유치원 추수감사절 발표회가 있던 날이었다. 폐원을 앞둔 마지막 행사였기에 끝까지 자리를 지켜야 한다는 책임감이 나를 붙들었다. 오후 3시부터 배가 살짝 아프기 시작했지만, 아이를 둘이나 낳아본 경험으로 저녁 8시쯤이면 낳겠다는 예감이 왔다. 발표회가 끝나고 사람들이 하나둘 돌아간 뒤 갑자기 밀려온 진통은 나를 병원으로 이끌었고, 단 10분 만에 아들은 세상에 나왔다. 그 순간은 무모함과 두려움 속에서도 내게 가장 큰 선물이 되었다. 유치원 아이들을 위해 끝까지 최선을 다하겠다는 마음으로 버텼지만, 세상에 나오고자 하는 새 생명은 얼마나 불안했을까를 생각하면 지금도 가슴이 먹먹하다. 그러나 내 품에 안긴 작은 생명은 인생에서 받은 가장 큰 선물이었고, 그 선택은 내 삶을 완전히 바꾸어 놓았다.

　직장과 가정, 그리고 세 아이를 책임지며 살아온 시간은 쉽지 않았다. 때로는 눈물과 체념으로 하루를 버텼지만, 아이들은 언제나 내게 빛이 되어주었다. 지쳐 쓰러질 때마다 다시 일어서게 해준 존재 그것이 자녀였다. 퇴근 후 집에 돌아오면 아이들은 쪼르르 달려와 하루 동안 있었던 일을 미주알고주알 들려주었다. 서로 엄마 옆에서 자겠다고 다투던 모습은 피곤한 하루를 잊게 해주는 가장 큰 위로였다. 내가 그들을 키운다고 생각했지만, 사실은 그들이 나를 살게 했다. 혼자가 아니라는 사실, 함께라는 경험이 삶을 지탱해 주었다. 돌이켜보면 특별한 인생을 산 것도, 남들보다 잘난 삶을 살아온 것도 아니다. 그저 하루하루를 성실히 살아냈을 뿐이다. 그러나 삶은 꼭 필요한 순간마다 선물을 건네주었다. 집을 원하면 집을, 직장을 원하면 직장을, 아들을 원하면 아들을. 간절히 바라고 기도하니 이루어졌다.

　1980년대 한국 사회는 자녀 계획을 이야기할 때 늘 숫자와 성별이 중심이었다. 아들을 낳아야 한다는 기대가 공기처럼 퍼져 있었고, '딸 하나면 열 아들 부럽지 않다'라는 말은 캠페인 속 구호로만 존재했다. 그러나 세월이 흐르며 그 문구는 단순한 구호가 아니라 삶 속에서 자연스러운 진실로 자리 잡았다. 세 아이를 키우며 깨달았다. 자녀는 성별이 아니라 존재 그 자체로 빛이 된다는 것을. 아들이든 딸이든, 그 자체로 부모의 삶을 환하게 비춰주는 선물이었다. 시대가 바뀌며 출산율은 급격히 낮아지고, 사회적 가치도 변했다. 이제는 '몇 명을 낳을까'가 아니라 '어떻게 함께 살아갈까'가 더 중요한 질문이 되었다.

자녀는 성별이 아닌 부모와 함께 삶을 엮어가는 동반자로 받아들여진다.

시대는 변했지만, 부모와 자녀가 서로를 살게 한다는 진실은 변하지 않는다. 그것이 삶을 이어가는 가장 깊은 힘이다. 아이들은 내게 빛이었고 나는 그 빛을 따라 살아왔다. 그 빛은 오늘도 나의 곁에서 조용히 빛을 내며 삶을 단단하게 붙들어 준다. 나는 아이들을 위해 살아왔지만, 사실은 아이들이 나를 살아가게 했다. 아이들의 웃음과 눈물, 작은 손길 하나가 내 삶을 다시 일으켜 세웠다. 부모와 자녀는 서로가 원하는 존재이며 그 관계 속에서 시대를 넘어서는 힘을 얻는다.

돌아보면 내 삶은 특별하지 않았다. 그러나 아이들이 내게 건네준 빛은 분명 특별했다. 시대의 구호와 사회적 압박 속에서 시작된 선택이었지만, 그 결정은 결국 내 삶을 가장 풍요롭게 만들었다. 자녀는 숫자나 성별로 가늠할 수 있는 존재가 아니라, 존재 자체로 부모의 삶을 환하게 비추는 선물이다.

오늘날 출산율은 낮아지고 가족의 형태는 다양해졌다. 부모와 자녀가 서로의 삶을 지탱해 준다는 진실은 여전히 유효하다. 그것은 선택의 문제가 아니라 삶의 본질에 관한 이야기며 어떤 시대에도 흔들리지 않는 기준이다. 사람이 사람을 살게 하는 힘 그 가장 가까운 자리에는 언제나 부모와 자녀가 있다. 이 관계가 이어지는 한 삶은 쉽게 무너지지 않는다. 그것이 내가 믿는 단단함이다.

혼자에서 서로가 되는 순간 하나

독자 참여형 체크 리스트 ✔ 또는 ○로 표시하며, 짧은 메모 한 줄을 적어보세요.

정답은 없습니다. 완성된 글이 아니어도 괜찮습니다. 문득 떠오른 얼굴, 장면 하나면 충분합니다.

빈칸을 채우는 시간이 지금의 여러분을 만나는 소중한 경험이 되길 바랍니다.

> ☐ 체크 문장
>
> '이름을 불러주다'에서 지금의 나를 돌아보는 인식
>
> ✍ 메모
>
> 그 인식이 생긴 구체적 장면 하나

☐ 나는 누군가를 보며 "왜 저래?"라고 판단하기 전, "무슨 일이 있었을까?"라고 한 번 더 생각해본 적이 있다.

✍ 메모   그 사람은 누구였나요?

☐ 내 이름을 불러주었던 그때가 언제였는지 기억할 수 있다.

📝 메모   그 장면이 떠오르나요?

```



```

☐ 나의 돕고 싶다는 마음이 상대의 몫까지 넘어서려 했던 순간은 없었
   는지 스스로에게 물어본 적이 있다.

📝 메모   그 질문이 떠오른 순간은 언제였나요?

```



```

내게 한마디 말을 남긴다

어떤 말은 흘러가고,

어떤 말은 삶에 남는다.

절망의 끝에서 들은 한 문장,

포기 직전 마음을 붙잡아 준 한마디가

우리를 다시 걷게 한다.

"한 사람의 묵묵한 지지와 단 한마디의 말이

주부로 멈춰 있던 삶을 다시 움직이게 했다."

"사람은 들은 말보다
마음에 남은 말로 살아간다."

— 빅터 프랭클

1

삶을 다시 세울 때

김묘경

둘째가 세 살 무렵이었다. 육아만으로도 하루가 버겁던 시기에 예상치 못한 일이 터졌다.

아버님이 지인의 대출 보증을 섰고 그 지인은 사라졌다.

서류 한 장에 찍힌 도장은 우리 가족의 숨통을 조용히 조여 왔다. 시댁 집은 경매를 앞둔 채 무너질 듯 위태로운 시간을 버티고 있었다.

남편과 나는 늦은 저녁 말없이 밥을 먹었다. 밥맛은 느껴지지 않았고 입안에는 무거운 현실만 남아 있었다. 남편에게 말했다.

"우리 집 전세 놓고 어머님 댁으로 들어갈까요?"

"그래도 괜찮겠어?"

"일단 급한 불부터 끄고 봐야죠."

그렇게 합가를 결정했다.

시댁에서 분가할 때 설레는 마음으로 장만했던 가전들은 하나둘 흩어졌다. 오븐은 동서네로, 냉장고는 친정으로, 세탁기는 시댁의 낡은 것과 맞바꾸었고 몇몇 짐은 시댁 창고로 들어갔다.

방이 작아 네 식구가 한방에 누울 수가 없어 쪽문으로 연결된 방에 아이 둘을 따로 재워야 했다. 그땐 그 결정을 당연히 해야 하는 도리라 여겼기에 주저하지 않았다.

하지만 사람의 마음과 관계에는 마감재가 없다. 시간이 지날수록 드러나는 '틈'이 하나둘씩 생기기 시작했다.

IMF 때 10년째 다니던 직장을 그만두었고 그 뒤 둘째를 낳았다.

집안일과 육아로 숨이 막힐 듯한 날이 이어졌다. 시누이가 네트워크 마케팅을 권했다. 나는 숨구멍을 찾듯 그 일에 끌렸다.

'시누이가 권했으니 남편도 말리지는 않겠지.'

교육은 대부분 타지에서 열렸다. 처음엔 둘째를 데리고 기차를 타고 다녔다. 수입이 조금 생기면서 차도 구입하고 이웃에게 둘째도 맡겼다. 하지만 합가하는 상황이 되자 아이들은 자연스럽게 어머님께 맡겨졌고, 늦게 들어올 때마다 죄송함과 눈치가 뒤섞였다.

어느 날, 아버님의 분노가 터져 나왔다.

"도대체 얼마나 번다고 주말에도 나가고 밤늦게 들어오냐!"

집안싸움을 싫어하는 남편은 결국 내 일을 정리하게 했다. 내 삶이 시

나는 혼자가 아니었다

들기 시작한 건 그 이후부터였다.

첫째를 학교에 보내고 나면 마치 시체놀이라도 하는 양 방바닥에 붙어 있었다. 머리와 마음이 바닥으로 가라앉았다. 둘째는 울지도, 보채지도 않았다. 퍼즐을 맞추거나 장난감을 만지며 혼자 놀았다.

어느 날 잔기침이 멈추지 않아 병원을 찾았다.

엑스레이에 비친 내 폐는 전체적으로 흐릿했고 염증으로 보이는 흔적이 군데군데 남아 있었다.

"혹시 담배 피우세요?"

피우지 않는다고 하자 의사는 고개를 끄덕였다.

"심각한 상태는 아니고, 염증과 피로가 겹친 것 같습니다."

안도감이 밀려왔다.

사진 속 폐를 바라보다 문득 떠올랐다. 동양 의학에서는 폐가 슬픔과 상실의 감정을 품는 장기라고 한다는 이야기. 의학적 기준은 아니지만, 그 설명이 지금의 나와 묘하게 맞아떨어진다고 느꼈다.

몸보다 마음이 먼저 지쳐 있었다는 사실을 그제야 인정하게 되었다.

집으로 돌아오는 길에 오래전 등록해 두었던 '단월드 평생회원권'이 떠올랐다. 집 근처에 센터가 있다는 것도 알게 되었다.

센터까지는 걸어서 20분 거리였지만, 지친 몸으로 둘째까지 데리고 가려니 한 시간이 훌쩍 넘게 걸렸다.

수련은 생각보다 힘들었다. 한 시간 중 절반도 따라가지 못하고 자주 주저앉았다.

그럴 때마다 부원장님은 나를 다른 방으로 데려가 조용히 활공을 해주며 말했다.

"따라 하지 못해도 괜찮아요."

"그냥 오세요."

"밥 먹듯이 오세요. 양치하듯 오세요."

"와서 아무것도 안 해도 돼요."

그 말은 어떤 것도 요구하지 않았다. 더 잘하라는 말도, 이겨내라는 말도 아니었다.

그저 존재해도 된다는 허락 같았다.

나는 그 말 앞에서 울었다. 아파서가 아니라, 있는 그대로의 나를 받아주는 한 사람이 있다는 사실이 처음으로 마음에 닿았기 때문이다.

몇 달이 지나자 몸이 먼저 달라졌다. 무기력의 안개가 조금씩 걷혔다.

그러자 텅 비어 있던 마음의 서늘함이 또렷해졌다. 상담 끝에 경로당 활공 봉사를 권유받았다.

첫 봉사를 마치고 돌아오는 길에 알았다. 내가 준 것보다 받은 것이 훨씬 많았다는 것을.

그 경험은 국학기공 강사 자격증으로 이어졌다. 국학기공 강사 자격증

나는 혼자가 아니었다

은 한국 전통 수련 문화를 현대적으로 계승하고 이를 안전하고 체계적으로 지도할 수 있는 전문성을 공식적으로 인증하는 과정이다. 이 자격을 취득하기까지 국학기공의 이론과 수련 철학, 인체의 기초 이해, 그리고 현장 지도를 위한 실기 교육을 단계적으로 이수하며, 단순한 동작 습득을 넘어 '왜 이 수련이 필요한가'를 깊이 성찰하는 시간도 가진다.

지역의 경로당과 복지관에서 어르신들과 함께 호흡하고 움직이며, 나는 다시 삶의 리듬을 되찾았다. 누군가의 몸과 마음이 조금씩 살아나는 장면을 곁에서 지켜보는 일은 내 삶에도 힘이 되었다.

지금 돌아보면 그 시절의 나는 몸도 마음도 동시에 무너져 있었다.

그때 나를 다시 세운 것은 거창한 각오도, 날카로운 조언도 아니었다.

"그냥 오세요."

아무것도 증명하지 않아도 된다는 그 한마디였다.

어떤 말은 흘러가고 어떤 말은 삶에 남는다.

절망의 끝에서 들은 단 한 문장이 사람을 다시 걷게 한다면 그것은 아마도 요구하지 않는 말, 판단하지 않는 말일 것이다.

이 글이 누군가에게 그런 한마디로 남을 수 있기를 바란다.

지금 멈춰 서 있는 자리에서도, 그대로 와도 괜찮다고 말해주는 문장으로 남기를 바란다.

2

기회에도 자격이 있다

김혜련

2022년 12월, 대표의 개인 사정으로 '꿈벗나비' 독서 모임을 마무리했다. 기억에 남는 책은 『미생(未生)』이었다. 『미생』은 윤태호 작가가 2012년 1월부터 다음(Daum) 웹툰을 통해 연재한 작품이다.

같은 해 9월부터 단행본으로 출간되어 총 9권으로 되어 있다.

2013년에는 모바일 단편영화로 만들어졌다. 그 후 tvN 드라마로 제작되어 직장인의 현실을 다시 돌아보게 했다.

나는 책 대신, 드라마를 몰아보았다. 단순한 직장 드라마라 생각하였지만, 인간의 불완전함과 성장의 이야기가 숨겨져 있었다. 바둑에서 미생(未生)은 언제든 사라질 수 있는 불안한 돌, 아직 완전히 살아 있지 않은 존재를 가리킨다고 한다.

주인공 '장그래'는 바둑만을 인생의 전부로 여기며 살아왔다. 프로 입

나는 혼자가 아니었다

단에 실패하고 평범한 직장인으로 살아간다. 그러나 그 속에서도 또 하나의 바둑판 같은 사회를 경험하며 치열한 경쟁과 냉정한 현실 속에서 깨닫는다. 그것은 '완생'을 향한 인간의 몸부림이었다. 인생은 꽉 찬 돌이 아니라 언제나 다음 수를 고민해야 하는 과정이었다.

"기회에도 자격이 있는 거다."

이 문장이 마음에 오래 남았다. 세상은 누구에게나 기회를 주는 것 같지만, 현실은 그 기회를 잡을 준비된 사람에게만 열리는 경우가 많다.

회사에서 중요한 프로젝트를 맡게 되는 일도, 작가로서 한 문장이 독자의 마음을 움직이는 것도 결국은 시간과 노력이 쌓인 자격의 결과다.

운이 좋다고 생각했던 순간들을 돌이켜보면, 그 기회를 놓치지 않기 위해 내가 보이지 않게 흘린 땀방울이 있었다. 그래시 이 밀은 내세 이렇게 들렸다.

"기회는 주어지는 것이 아니라, 스스로 증명해내는 것이다."

준비되지 않은 마음은 기회를 앞에 두고도 두려워 물러난다. 스스로를 다져온 사람은 그 순간을 '완생의 한 수'로 만든다.

독서 모임 후 3년이 지난 지금, 나는 무엇이 달라졌을까? 답은 명확했다.

걸음 둘 내게 한마디 말을 남긴다

완생을 향해 가는 길 위에서 여전히 미생이다. 그러나 이제는 감사하는 미생이 되었다. 개인 저서를 출간하고, 내 주변에 작가의 꿈을 꾸는 이들이 생기길 바랐다. 내가 글을 쓰면, 누군가는 책을 읽고 작가의 꿈을 꾸게 될지도 모른다. 그것이 내가 믿는 글쓰기의 소명이다.

주변 사람들이 말했다.

"어떻게 책 쓸 생각을 했나요?" "글이 짧아서 술술 읽히고, 내용이 마음에 와닿아요."

그 말은 격려가 되었다. 내가 실천하고 공부하며 얻은 것을 누군가에게 나눈다는 마음으로 글을 썼다. 부족하더라도 나의 기록이 누군가에게 도움 되기를 바랐다. '함께 성장한다'는 믿음으로 책을 출간했다.

변화는 언제나 자기 안에서 시작된다. 내 안에서 일어난 작은 변화가 글쓰기로 이어졌다.

글쓰기가 또 다른 사람 안의 변화를 이끌길 소망했다. 그것은 나 자신과의 약속으로부터 시작되었다는 걸 알았다.

공저를 통해 처음으로 책 쓰기에 입문했다. 처음엔 확실히 아는 것이 없었다. 그래서 '쓰면서 배우자'는 마음으로 시작했고, 공저 열 권을 쓰겠다고 다짐하였다.

공저 다섯 권과 2025년에는 개인 저서 한 권, 글쓰기 코치로 기획한 공저 한 권을 출간했다.

나는 혼자가 아니었다

자이언트 북컨설팅 이은대 대표의 코칭을 통해 '지금'이라는 인생에 점 하나 찍는 법을 배웠다.

그 점이란, 글쓰기로 다른 사람의 삶에 도움을 줄 수 있다는 것이다. 나를 위한 욕심이 아니라, 누군가에게 선한 영향력을 주는 마음이다. 그분의 가르침은 함께 성장하는 길이었다. 줌 수업에서도 채팅창의 질문 하나 놓치지 않고, 유머와 통찰로 답했다. 넓은 시야와 지혜 속에서 배움의 깊이를 느꼈고, 함께한다는 사실이 뿌듯했다.

라이팅 코치로 여전히 나만의 바둑판 위에서 한 수 한 수를 두고 있다. 묵묵히 나의 길을 걷는 것도 용기이고, 때로는 단절도 용기다.

삶은 다가오는 문을 하나씩 열어가며 완성되어 간다. 완벽을 향한 길이 아니라, 진심으로 살아가는 과정이 완생의 길이다. 그 문을 여는 열쇠는 결국 내 안에 있다. 누구도 대신 열어줄 수 없다. 문을 열 용기만이 나를 앞으로 나아가게 하다.

나는 아직 미생이다. 그러나 그 미생의 상태가 부끄럽지 않다. 가능성과 변화의 여지가 있기 때문이다.

누구에게나 자기만의 바둑판이 있다. 가로세로 19줄, 361개의 점 위에서 우리는 저마다의 돌을 둔다.

누군가는 실수로 잘못된 수를 두기도 하지만, 그것 또한 인생이라는 바둑판의 일부다.

오늘도 나만의 바둑판 위에 작은 돌 하나를 내려놓는다. 그 돌이 완생을 향한 또 하나의 걸음이 되기를 바란다. 미생이기에 성장하고, 미생이 기에 배운다. 미생으로 살아가는 모든 순간이 결국 완생으로 향하는 길 위에 있다.

『미생(未生)』은 내 삶의 또 다른 거울이다. 어떤 날은 이긴 수처럼 보이 지만, 돌아보면 그것이 오히려 큰 실수였음도 깨닫는다. 중요한 건 다음 수를 둘 용기다. 삶은 완생을 향한 여정이지, 한 번의 완승으로 끝나는 게임이 아니다. 때로는 실수하고, 때로는 돌아서고, 때로는 멈추는 그 모 든 순간이 나를 조금 더 단단하게 빚어가고 있다.

불완전하기에 아름답고, 미완성이기에 성장할 수 있다. 오늘도 주저하 지 않고 한 수를 둔다.

그 한 수가 내일을 바꾸고, 또 다른 사람의 희망이 되기를 바란다. 기 회를 맞이할 자격을 쌓아가며 완생의 한 수를 준비하고 있다.

나는 혼자가 아니었다

3

나를 불러준 길

박경애

마음이 불안해 종교를 찾았다. 평일 늦은 오후 무작정 성당으로 향했다. 문이 닫혀 있어 벨을 눌러야 했다. 수녀님이 문을 열고 나와 마주했다.

"지금은 미사가 없어요."

미사 시간을 알려 주며 다음에 오라고 했다. 바로 성당에 들어가서 기도하고 수녀님과도 대화를 나누고 싶었다. 다음 미사에 참여하라는 수녀님 말에 돌아서는 발걸음이 더 무거워졌다. 성당은 내가 가고 싶다고 갈 수 있는 곳이 아니구나! 성당을 찾아갔을 때는 남편 떠나보내고 한 달이 안 되었다. 세상이 온통 잿빛, 어둠은 간단히 걷히지 않았다. 짙은 안개 같은 마음 붙잡고 성당을 찾은 날이 마지막이었다. 안개는 더 짙어졌고 방황 끝에서 불교와 인연이 되었다.

어느 날, 마주 보는 사무실 여직원과 인사를 나누게 되었다. 나와 동갑인 그녀는 조용하고 단정한 인상의 소유자였다.

점심을 먹고 난 후 건물 밖에서 잠시 숨을 고르며 쉬었다. 그녀도 봄 햇살을 받고 있었다. 불쑥 말했다. "종교가 있으세요? 전 영남불교대학에 다니고 있어요. 한 번 가보세요." 영남불교대학이 지금은 한국불교대학으로 변경되었다.

그녀는 조심스럽지만 단단한 목소리로 말했다. "한 번 가보세요." 그 한마디가 못내 내 마음에 남았다.

마침 그해 가을. 44기 신입생을 모집하던 때였다. 자연스레 등록했다. 법당에서 처음 절하는 법을 배웠다. 절은 이전한 지 얼마 되지 않았다. 한 쪽에서는 증축 공사가 진행되고, 한쪽에서는 스님의 강의가 이어졌다. 어수선한 공간이었지만 내 마음엔 오히려 그 소란스러움이 위안이 되었다.

『저거는 맨날 고기 묵고』의 저자이자 주지 스님이신 우학 스님의 강의는 어렵지 않았다. 유쾌했고 무엇보다 따뜻했다. 강의실엔 웃음이 끊이지 않았고 그 웃음 속에서 잊고 지내던 사람의 온기를 느꼈다.

불교대학으로 이끈 그녀는 선배로서 자잘한 것들을 챙겨주었고 자연스레 도반들과 어울리게 되었다. 함께 청년회 활동하며 독거노인을 찾아 청소도 하고 말동무도 했다. 초등학생 손주를 홀로 책임지던 노인의 삶. 발달장애인들과 갓바위를 오르며 마주한 해맑은 얼굴들 앞에서 마음 한 구석이 먹먹해졌다. 누군가 돕는 일이 이렇게 치유된다는 것을 그때 처

나는 혼자가 아니었다

음 알았다.

　도반들과의 단합대회. 거창 수승대에서의 맑은 공기도 좋았지만 내 깊은 속의 어둠은 쉽게 사라지지 않았다.

　이대로는 안 되겠다.

　마침내 삼천배 수행을 결심했다. 단순히 절을 많이 하는 일이 아니라 몸과 마음을 바닥까지 낮추고 나 자신을 마주 보는 고된 수행임을 알고 있었다.

　처음엔 하루 108배로 시작했다. 익숙해지자 300배로 늘려갔다. 그리고 1999년 12월 24일 크리스마스이브에 삼천배 수행에 도전했다. 경전을 펼쳐놓고 구절마다 한 배씩 절을 올렸다. 시간이 지날수록 숨은 가빠지고 다리는 떨렸다. 절반쯤 했을 때는 포기하고 싶었다. 하지만 고비를 넘기자 호흡이 가라앉고 마음속 잡념이 하나둘 흩어지기 시작했다.

　10시간 30분. 짧은 휴식만으로 이어가 긴 수행 끝에 마지막 한 배 올리는 순간 머릿속은 새하얘졌다. 기도하며 몸을 일으키는 그 찰나 나는 무엇이든 할 수 있다. 벅찬 자신감이 솟구쳤다. 그 후 수계의식 받고 "전법심"이라는 법명을 받았다. 사용하지 않아 23년 운흥사 스님께 법명을 다시 부탁했다.

　"리진(이진)". 번뇌를 떠나보내라는 뜻을 지닌 이진으로 살고 있다.

　삼천배 이후 나는 다시 걷기 시작했다.

절망만 가득하던 내 앞에 다시 삶의 길이 열렸다.

불교와의 만남은 짙은 어둠 속에서 조금씩 햇살을 들이는 창문 같았다.

그 따스함이 마음 한쪽에 번져가며 오래 눌러두었던 안개의 조각들이 서서히 흩어졌다.

문득 떠오른 생각이 있었다.

종교가 없었다면 그 흔들리던 마음을 나는 어떻게 붙잡았을까?

글을 써 내려가다 보니 살아온 시간 들이 한꺼번에 떠오르고 눈물이 왈칵 쏟아진다.

몸이 힘든 것은 어찌 되었든 이겨낼 수 있다. 마음이 힘든 것은 때로는 몸의 고통보다 더 깊고 더 무겁다. 혼자 아이를 키우며 생계를 책임지고 살아왔다. 힘든 일은 여전히 힘든 일로 남는다.

누군가의 입장 이해한다고 생각했던 순간들도 떠올랐다.

정작 나는 그 사람의 마음속으로 들어간 적 없으면서 마치 다 알고 있는 듯 행동했다. 그것이 얼마나 큰 착각이었는지 이제야 천천히 알게 된다.

마음이 조금씩 안정되면서 한동안 절에 가지 않았다. 그렇다고 마음이 떠난 것은 아니다. 힘들 때나 기도할 일이 있을 때면 자연스레 절을 찾게 된다. 딸이 고등학교 진학하고 대학 입학 전까지 팔공산 갓바위에 자주 갔다. 절에 가지 않더라도 집에서도 기도할 수 있다. 의지가 약한 나에게 공간과 기도는 여전히 필요하다.

그녀를 만나지 않았다면 불교대학과 삼천 배는 상상도 안 된다. 스님

나는 혼자가 아니었다

의 말씀, 웃음소리, 무너진 삶을 붙잡아준 절의 시간도 만나지 못했을 것이다.

종교의 힘이란, 참으로 신비롭다. 나는 안다. 불교든 기독교든 천주교든 어느 종교를 믿든 결국 나를 다스리는 중요한 건 그 안에서 내가 어떻게 나를 마주하느냐다.

그녀가 그날 조용히 내게 해 준 그 한마디.

"한 번 가보세요."

그 짧은 말이 오늘의 나를 만들었다. 말 한마디가 사람을 살릴 수 있다. 그 사실을 내 온몸으로 증명해냈다. 지금도 그 말 한마디가 내 삶을 이끈다. 지치고 멈추고 싶을 때마다 그 목소리가 들린다. 나를 걷게 하고 버티게 하고 살게 한다.

나의 한마디도 누군가에게 길이 되길 바란다. 그들이 다시 세상을 걸어갈 수 있는 이유가 되길.

당신의 말 한마디가, 누군가의 내일을 살릴 수 있다. 우리는 말로 서로의 길이 된다.

4

보이지 않는 마음

박명애

초등학교 4학년 때였다. 그날도 나는 학교에 도착하자마자 가방을 교실에 내려놓고 친구들과 운동장에서 고무줄놀이를 했다. 한참을 뛰놀다가 수업 시작종이 울리자 교실로 향했다. 나무 바닥이 '다다닥' 빗소리처럼 울리는 활기찬 발걸음과 웃음소리가 뒤섞여 시끌벅적했을 시간이었다.

그런데 그날은 달랐다.

담임선생님이 문을 열고 들어오는 순간, 교실은 순식간에 고요해졌다. 지금 생각해보면 그 무거운 침묵은 곧 다가올 '분필 사건'의 길고 답답한 시간을 예고하고 있었던 것 같다.

선생님은 칠판 앞에서 분필을 찾았다. 쓸만한 새 분필은 없고 부러진 몽당 분필 하나만 남아 있었다. 선생님은 부드럽지만 단호한 목소리로 물었다.

나는 혼자가 아니었다

"분필 가져간 사람 나오렴." 아무도 움직이지 않았다. 선생님의 눈빛에는 실망과 안타까움이 번져갔다.

"시간을 줄게. 마음이 준비되면 말해도 돼."

정적만 흐르는 교실, 선생님은 결국 모두에게 눈을 감으라 하였다. 어린 나에게 그 고요함은 길고도 답답한 시간이었다. 그때, 반에서 친구들을 잘 돕고 리더십이 있던 경철이가 일어나 말했다.

"내가 가져갔어요." 모두가 놀랐다. 선생님은 몇 번이나 "정말 네가 가져간 게 맞니?"라고 되물었다.

잠시 머뭇거리던 그 친구는 "아니요. 제가 가져간 건 아니에요. 그냥 선생님이 너무 힘들어 보여서요."라고 말했다.

그 친구의 말은 마치 내 마음을 그대로 꺼내 놓은 듯했다. 나 역시 선생님의 힘든 마음을 덜어주고 싶은 간절한 마음이었다. 선생님은 죄책감에 휩싸이지 않도록 우리를 지켜주었다.

몽당 분필을 쥐고 칠판에 크게 적었다. '정직'.

"정직은 때로 불편하지만, 결국 마음을 밝게 비춰주는 빛이란다."선생님은 목소리를 낮춰 천천히 설명하였다. 정직이 왜 중요한지, 거짓이 왜 사람의 마음을 흐리게 만드는지 알려 주었다. 그 가르침은 내 마음에 깊이 새겨져 삶의 방향을 정하는 기준이 되었다.

새 분필 사건은 아이들의 '보이지 않는 마음'까지도 읽고 헤아린 선생님의 이해 속에서 미궁으로 마무리되었다.

대학 시절, 조별 과제를 할 때였다. 촉박한 마감 시간에 팀원들은 발췌해온 자료들을 그대로 베껴 발표에 넣자고 말했다. 유혹에 빠질 뻔하였지만, '정직'이라는 두 글자를 떠올렸다.

"힘들어도 우리가 직접 고민하고 만든 내용으로 발표하자. 완벽하지 않아도 우리의 생각으로 채우는 게 맞아."

결국 밤을 새워 자료를 준비했다. 발표는 최고의 평가에 도달하진 못했다. 하지만 팀원들 사이에 감도는 떳떳함은 그 어떤 높은 점수보다 값진 것이었다. 정직은 단순히 남에게 보이기 위한 도덕적 의무가 아니다. 내면을 지키는 기준이자 자기 자신과의 약속이었다. 그 약속을 지키는 행위 자체가 스스로에게 떳떳한 삶을 만드는 길임을 알았다.

지금 나는 유아교육 현장에서 아이들과 하루를 살아간다. 아이와 마주하는 순간마다 그날 칠판 위에서 반짝이던 '정직'이라는 단어가 자주 떠오른다.

누군가에게 도움을 주려는 선한 마음, 진실을 말하는 용기, 마음의 빛깔을 지켜내는 삶은 시대가 바뀌어도 여전히 사람을 사람답게 만든다. 정직은 곧 자기 마음을 바라보는 일이며 누구에게 들키지 않아도 스스로 아는 삶의 방향이기 때문이다.

한번은 아이들이 가장 좋아하는 블록 코너에서 작은 다툼이 있었다. 한 아이가 실수로 친구가 만든 탑을 무너뜨렸다. 상황을 모면하려고 "내

나는 혼자가 아니었다

가 안 그랬어."라고 회피하는 모습을 보였다.

나는 아이를 따로 불렀다. 야단치기보다 아이의 눈높이에서 그때 선생님이 보여주었던 '보이지 않는 마음'을 읽어주고 싶었다.

"선생님도 세영이 마음 알아. 친구 탑이 무너져서 놀랐고 혼날까 봐 무서웠지? 우리 마음은 아무도 안 보지만 솔직하게 말하는 용기가 너를 더 멋지게 만들어 줄 거야."

결국 아이는 눈물을 글썽이며 친구에게 미안함을 전했다. 잘못을 시인하는 '정직'은 때로 가장 말하기 어려운 진실을 꺼내는 용기에서 시작된다. 그 용기가 관계를 회복시키고 마음의 평화를 가져다준다는 것을 아이가 깨닫기를 바랐다.

가끔 선생님이 나에게 건네주신 그 빛을 내가 지금 아이들에게 제대로 이어주고 있을까 하고 생각한다.

그때 그 남자 친구의 용기, 그리고 나의 작은 행동. 그것은 분필을 몰래 가져간 사람을 찾는 사건이 아니라, 어려움에 처한 선생님의 마음을 헤아리고자 했던 '우리의 선한 마음'이 서로를 연결했던 순간이었다.

선생님은 우리가 보여준 그 보이지 않는 마음의 소중함을 꿰뚫어 보고, '정직'이라는 가치로 우리 모두를 지켜주었다. 그 친구도 나도 선생님의 가르침 덕분에 정직이란, 서로의 마음을 비추는 빛이 되어 우리가 모두 연결되어 있다는 것을 깨닫게 해주는 가치로 남아 있다.

5

한 생명을 품은 시간

박영희

서른한 살, 나는 주변 또래보다 조금 늦은 결혼을 했다.

주변 친구들은 스물다섯, 여섯에 하나둘 결혼식을 올렸고, 나는 그들을 축하해 주며 "나는 아직."이라며 웃어넘겼다. 그러나 서른을 넘기자, 마음 한구석이 조급해졌다. 그러다 좋은 인연을 만나 결혼했지만, 결혼하자마자 찾아오길 기대했던 아기는 쉽게 생기지 않았다.

시어머니는 걱정스러운 얼굴로 "혹시 어디 안 좋은 건 아니가," 하시며 나를 이끌고 한의원에도 데려가셨고, 용하다는 무속인을 찾아가기도 하셨다. 정성껏 지어온 약봉지를 받아 들고 감사히 인사했지만, 내 마음은 묘하게 불편하고 복잡했다.

"왜 이렇게까지 해야 할까?" 하는 서운함과 "혹시 정말 내가 문제일

나는 혼자가 아니었다

까?" 하는 불안함이 뒤섞였다.

나 역시 마음 한구석이 늘 조마조마했다.

한 달이 지날 때마다 찾아오는 생리현상은 실망의 신호였고, 그때마다 나를 향한 주변의 시선이 더 무겁게 느껴졌다.

그런데 결혼 후 1년이 지나던 어느 날, 기적처럼 소식이 찾아왔다.

"축하드립니다. 임신이네요."

의사 선생님의 한마디에 눈물이 핑 돌았다. 불안함으로 기다린 끝에 얻은 선물이었다. 친정엄마는 손뼉을 치며 좋아하였고 남편은 그날 밤 함성의 환호를 질렀다.

남편은 토목건설사에서 일해 신혼 초부터 주말부부였다.

그의 근무지는 한국도로공사 ○○ 지역 현장이었고, 나는 도심의 작은 아파트에서 홀로 직장 생활을 이어갔다. 주중에는 각자의 일상에 묻혀 있었지만, 주말이 다가오면 설렘이 피어났다. 남편은 전화를 걸어 "두꺼비 잘 있나?"고 묻곤 했다. '두꺼비'는 남편이 뱃속 아기 이름을 그렇게 불렀다.

그의 투박하지만 관심 어린 목소리는 내 마음을 편안하고 따뜻하게 했다.

입덧은 생각보다 심했다.

밥 냄새만 맡아도 속이 울렁거렸고, 주방에 들어서는 것조차 두려웠다.

밥 짓는 냄새가 그렇게 역겹게 느껴질 줄 몰랐다.

대신 오렌지, 버찌, 귤처럼 신 과일이 그렇게나 입에 당겼다.

아침에 일어나면 토할 듯이 속이 메스꺼웠지만, '아기가 건강히 자라고 있구나.'라는 생각 하나로 견뎠다. 자도 자도 졸렸고, 하루 종일 몸이 무겁게 가라앉았다. 그 모든 변화에도 내 마음은 기대와 설렘이 더 컸다. 남편이 없는 주중에는 친정집을 자주 드나들며 엄마 밥을 얻어먹었다.

엄마는 매번 "그래도 네가 건강해야 아기도 건강하다고." 하며 반찬을 한가득 싸주셨다.

배는 날이 갈수록 불러오고, 나는 여전히 출근을 이어갔다.

뒤뚱뒤뚱 걸음이 느려졌지만, 유치원 아이들이 내 배를 만지며 "여기 선생님, 아기 있어요?" 하며 웃을 때면 피로가 사라졌다.

임신 7개월 무렵, 병원에서 뜻밖의 진단을 받았다.

"태아가 거꾸로 있습니다. 역아예요."

순간 머리가 멍해졌다. 의사는 운동을 통해 자세를 바꿀 수 있다고 조언했지만, 여러 시도를 해도 아기는 고개를 돌리지 않았다.

혹시라도 잘못될까 하며 하루하루가 긴장의 연속이었다.

배는 지구를 품은 듯 무거워졌고, 내 발끝이 보이지 않았다.

나는 혼자가 아니었다

그럼에도 유치원 운동회와 각종 행사를 마무리하며 나는 꿋꿋이 하루를 채워나갔다. 출산 휴가를 내었던 그날, 마음속에 가득 찬 건 설렘과 두려움이었다.

병원으로 가기 전, 나는 김밥을 정성껏 쌌다.

"출산 전에 맛있게 먹고 가야지."

엄마는 아버지 병간호로 함께할 수 없었고, 남편은 평일 근무라 혼자 병원에 가야 했다.

커다란 가방에 속옷, 아기 옷, 세면도구를 챙기며 '오늘은 어떤 하루가 될까?' 하는 생각에 마음이 울컥하기도 했다. 쓸쓸함 속에서도 '잘 해내자' 다짐하며 병원 문을 열었다.

다음 날 오후 2시, 제왕절개 수술이 잡혔다.

수술실의 밝은 조명이 눈부시게 쏟아졌고, 간호사의 "마취 시작할게요."라는 말과 간단한 천주교식의 기도가 끝나기도 전에 의식이 멀어졌다. 얼마나 시간이 흘렀을까?

귀에 익숙한 엄마의 목소리가 희미하게 들렸다.

"영희야…"

그 가느다란 걱정 섞인 소리에 눈가가 젖어있었다.

"아기 손가락 열 개 다 있어?" 나는 거의 본능적으로 물었다.

"그래, 다 있어. 건강해."

그 말을 듣는 순간, 안도의 눈물이 흘러내렸다.

'살았구나, 그리고 우리 아기가 태어났구나.'

수술 후 마취가 늦게 풀리며 오한이 밀려왔고, 몸이 얼음장 같았다.

진통제 주사를 맞고서야 잠시 잠들 수 있었다.

시간이 지나 통증이 잦아들 무렵, 간호사가 작은 아기를 내 품에 안겨 주었다.

2.9kg, 쭈글쭈글한 얼굴, 작은 손, 주먹만 한 발.

남편은 "이거 우리 아기 맞아?" 하며 농담처럼 웃었지만, 그 순간 나는 세상 모든 것을 다 가진 듯했다. 작은 천사, 우리 아들은 그렇게 내 품으로 왔다.

하지만 '엄마'라는 이름은 쉽지 않았다.

유아교육 전문가로서 아이를 잘 키울 자신이 있었지만, 현실은 달랐다.

이유도 모르게 울어대는 밤이 이어졌고, 나는 울다가 웃다가 다시 울었다.

피곤함에 겨워 아기를 안은 채 벽에 기대 잠든 적도 있고, 다리가 풀려 쓰러질 뻔한 적도 있었다.

어느 날은 아기와 함께 엉엉 울었다.

'이게 엄마의 시작이구나.'

나는 혼자가 아니었다

내가 하고 싶은 일, 가고 싶은 곳, 모든 것이 멀어졌지만, 그 대신 내 안에는 생명을 지키는 강한 힘이 자라났다. 아들을 품고 엄마라고 불리던 시간부터 나를 완전히 바꾸어 놓았다.

희생과 헌신의 시간이었지만, 동시에 새로운 문이 열리는 순간이었다.

그 아기가 내게 가르쳐준 건 '사랑의 본질'이었다.

아무 대가 없이, 그저 존재만으로도 소중한 생명.

그로 인해 나는 더 단단해졌고, 세상을 바라보는 눈이 깊어졌다.

6

'숨 고르기' 초대장

이가경

　　새벽 4시 30분. 갑자기 숨이 막혀 잠에서 깼다. 오전엔 아이들을 돌보고, 오후에는 장거리 운전과 연속된 강의, 회의까지 이어졌다. 온종일 쉴 틈 없는 하루였다. 그래도 강의는 만족스러웠고 다음 날이 일요일이라는 생각에 마음은 편안했다. 침대에 몸을 던지자마자 깊은 잠에 빠져들었다. 하루를 내려놓는 듯 쉼의 시간을 가졌다. 잠결에 벌떡 몸을 일으켰다.

　　'왜 이렇게 숨이 막히지?' 혹시 심장에 문제가 생긴 걸까, 아니면 쌓여 온 피로와 스트레스 때문일까. 몸을 움직여 보았지만 어디가 아픈 건지 알 수 없었다. 다만 설명하기 어려운 갑갑함이 온 신경을 조여왔다. 물 한 잔을 마시고 소파에 앉아 천천히 숨 고르기를 시작했다. 들이마시는 숨은 괜찮았지만 내쉴 때마다 가슴이 꽉 막힌 듯 답답했다. 몇 분이 길게

나는 혼자가 아니었다

느껴졌다. 잔잔한 음악을 틀고 세 시간을 그렇게 앉아 있었다. 호흡이 조금씩 가라앉자 다시 졸음이 찾아왔고 조심스럽게 몸을 눕혔다.

다행히 다음날은 별다른 증상 없이 하루가 지나갔다. 그러나 밤이 되자 두려움이 밀려왔다.

'혹시 자다가 또 숨이 막히면 어떡하지?'

마음의 불안을 단숨에 잠재울 수는 없었다. 그럼에도 스프링미(SpringME)를 통해 할 일이 남아 있다는 사명감이 나를 붙잡았다. 두려움은 서서히 가라앉았고 평안이 찾아왔다. 마치 누군가가 내 어깨를 살며시 다독이며 "괜찮다"고 말해주는 것 같았다.

나는 매일 스스로를 돌아보는 시간을 마련했다. 기도로 하루를 열고, 질문을 통해 마음의 상태를 점검했다. 그 시간들은 중요한 결정과 감정 조절, 자기 인식에 분명한 영향을 주었다.

하지만 어느 순간, 생각이 늘 같은 방향으로 흐르고 있다는 느낌이 들었다. 익숙한 생각은 결국 반복된 행동으로 이어진다. 그 흐름을 바꿔보고 싶었다. 그래서 지인의 소개로 코칭을 받았다.

코치님께 최근의 일을 하나씩 꺼내 놓기 시작했다. 이야기를 한참 들으시더니 미소를 지으며 이렇게 말하였다.

"제트기 엔진을 가지고 계시네요! 그런데 그것 아세요? 제트기는 최고 속 2000km로 날 수 있어요. 조종사가 대구에서 38선까지 가는 데 10분이 채 걸리지 않죠."

제트기의 속도에 한번 놀라고, 짧은 도달 시간에 두 번 놀랐다. 머릿속에 제트기가 거대한 저항을 뚫고 하늘로 솟아오르는 장면이 그려졌다. 이어 코치님은 시속 2,000km의 저항을 견디기 위해 조종사는 매일같이 몸을 단련한다고 설명하였다. 단 10분의 비행을 위해 수천 번의 훈련과 정비가 반복된다는 이야기였다. 그 한마디가 마음 깊은 곳을 정확히 건드렸다. 그래, 나는 쉬지 않고 늘 비행 중이었다. 언제나 다음 목적지만을 향해 나아가는 조종사처럼.

워킹맘으로 살아가는 일은 언제나 시간과의 싸움이다. 아이와의 시간, 일, 연구, 강의, 집안일 가운데 어느 하나 대충 넘길 수가 없었다. 최선을 다하고 싶었던 마음으로 논문 한 편, 연구 개발물 하나에도 정성을 다했다. 완성되지 않으면 끝까지 앉아 씨름했고 잠은 부족했다. 모든 순간이 힘들었지만 감사했고 뿌듯했다. 그때는 그것이 나를 움직이게 하는 힘이라 믿었다. 이제는 알았다. 그 열정이 내 몸을 조금씩 갉아먹고 있었다는 것을.

40대가 된 지금 체력은 더 이상 의지로만 버텨지지 않는다는 것을 깨닫게 되었다. 그날 새벽의 호흡곤란은 어쩌면 몸이 보낸 첫 번째 경고였

나는 혼자가 아니었다

을지도 모른다. 정비 없이 계속 달려온 결과였다.

플래너 수첩을 펼쳤다. 정비시간을 확보하기 위해 시간을 재구성해보았다. 도무지 비워낼 수 있는 구간이 없었다. 피트니스나 요가 같은 운동을 떠올려 보았지만, 이동시간을 포함하면 두 시간은 필요했다. 결국 그 시간을 만들려면 또 잠을 줄여야 했다. 의미 없는 반복이었다.

다음 코칭 세션이 돌아왔다.

"코치님, 아무리 계산해도 시간이 안 나요. 무엇을 줄여야 정비시간을 만들 수 있을지 모르겠어요. 현실적으로 너무 어려워요."

내 하소연에 코치님은 웃으며 말했다.

"그럼, 하루 15분은 어때요?"

그 말에 잠시 멈칫했다. '아, 또 생각의 틀에 갇혀 있었구나.'

운동이라 하면 늘 어딘가에 등록해서 정해진 시간과 방식으로 해야 한다고 여겨왔다. 해결책이 보이고 안개가 걷히는 순간이었다. 그날부터 15분 산책과 계단 오르기를 시작했다. 거창하지 않고 단순하게.

집 앞에는 걸어서 5분 거리에 강변을 따라 탄천 산책로가 있다. 하늘이 얼마나 아름다운지, 물가에 오리들은 옹기종기 모여있었고 흐르는 물소리가 정겨웠다. 신선한 공기를 마시다 멈춰 서서, 예쁜 꽃들을 카메라에 담았다. 숨이 한결 가벼워졌다. 이 짧은 시간이 회복의 신호였다. 15분은 생각보다 많은 것을 바꾸어 놓았다. 산책 중에는 이메일도, 업무 마감도,

아이의 숙제도 머릿속에서 사라졌다.

바람을 느끼며 걷다 보니 보이지 않는 따스한 손길이 나를 이끄는 듯했다. 코치님과의 만남도 우연이 아니라는 생각이 들었다. 설명할 수 없는 타이밍과 인연이 맞물려 인생의 방향키를 다시 잡게 해준 순간이었다. 어떤 만남은 계획할 수 없고, 어떤 도움은 설명할 수 없다. 그것은 분명 사람을 통해 드러나는 신의 손길이었다.

여전히 일상은 쏜살같이 지나간다. 하지만 이제는 그 속도를 스스로 조절할 수 있게 되었다. 내 안의 '정비시간'이 곧 나를 살린다는 것을 알게 되었기 때문이다. 때로는 인생이 우리를 멈춰 세운다. 그 멈춤이 불안하고 답답할 때도 있지만 지금 돌아보면 그 시간은 신이 내게 건넨 '숨 고르기'의 초대장인지도 모르겠다.

7

귀인

루시 Lucy

추석 전부터 마음이 불안했다. 연휴가 길어 이번 달 보험 영업을 제대로 할 수 있을까 걱정이 앞섰다. 역시 나만 힘든가 보다. 동료 설계사들은 평소처럼 목표치를 잘 채워가고 있었다.

지친 하루를 마치고 버스 의자에 몸을 기대자 피곤함과 불안함이 한꺼번에 밀려왔다. 보험 실적이 뜻대로 되지 않아 힘들어서일까, 아니면 고객인 미숙 언니가 아프다는 소식 때문이었을까. 눈물이 이유 없이 흘러내렸다.

'불길한 생각을 하면 안 되지. 언니가 회복하면 맛있는 거 사서 병원에 가야지. 언니는 꼭 좋아질 거야.'

마음속으로 주문을 외워도 눈물은 멈추지 않았다.

며칠 전, 언니와 이런저런 이야기를 나눴던 시간이 떠올랐다. 아이들이야기, 남편 이야기, 그리고 보험과 삶에 대한 이야기까지. 헤어질 때 나는 "언니, 화요일에 뵐게요."라고 환하게 말했었다.

그 말이 마지막 인사가 될 줄은 정말 몰랐다.

화요일, 매천시장에 갔을 때 언니 매점 문은 굳게 잠겨 있었다. 불도 꺼져 있었다.

"이상하다. 언니가 왜 문을 안 열었지?"

전화를 걸었지만 받지 않았다. 잠시 후 그 번호로 언니의 첫째 딸이 연락을 했다.

"어머니가 뇌출혈로 수술을 받았어요. 지금 중환자실에 있고 의식이 없어요."

머릿속이 하얘졌다.
'어떡하지…. 어떡하지….'
그 말만 계속 맴돌았다.

그리고 4일 뒤 언니의 부고 문자가 왔다. 장례식장에 도착하자 사람들이 많았다. 언니의 영정사진은 환하게 웃고 있었고, 국화꽃 한 송이를 내려놓으며 향을 피웠다. 가슴이 서늘하게 텅 비어가는 느낌이었다.

나는 혼자가 아니었다

정아 언니가 손을 흔들며 나를 반겨주었다.

"새벽부터 와서 조문객 음식을 챙기고 있었어."

정아 언니의 눈가에 고인 눈물을 보니 차마 말을 잇기 어려웠다.

미숙 언니는 정이 많은 사람이었다. 김치를 담그면 시장 상인들에게 넉넉하게 나눠주고도 또 김치를 담갔다. 정직했고, 성격도 시원시원했다. 우리는 알게 된 지 고작 16개월이었다.

홍보용 전단지를 시장에 돌리다가 언니 매점에 건넨 것이 인연의 시작이었다. 기대 없이 전했는데, 언니가 먼저 전화해 상담을 요청했다. 그 자리에서 월 40만 원, 10년 납 연금을 계약했다.

그다음부터 시장을 갈 때마다 언니 매점은 나의 참새방앗간이 되었다. 짐도 맡기고 음료수도 사 먹으며 김밥도 나눠 먹었다. 작년부터는 야채며 과일까지 챙겨주었다. 나는 시간이 나면 나물 다듬는 걸 도와드리곤 했다.

언니는 처음부터 편하게 이름으로 불러주었다. 그게 싫지 않았다. 오히려 덕분에 빨리 가까워질 수 있었다. 언니 매점은 잡화와 분식류를 함께 파는 가게였다. 도매시장은 새벽부터 움직인다. 언니는 하루 14~16시간을 매점에서 버텼다. 편히 누워 쉴 공간도 없어 의자에 기대어 겨우 몸을 뉘었다.

작년 가을, 미숙 언니와 정아 언니 포함 다섯 명이 함께 팔공산 '시인과 농부'에 놀러 갔던 일이 떠올랐다. 막걸리 한 잔에 파전을 나눠 먹으며 마음을 털어놓던 시간, 언니는 환하게 웃었다. 그 모습이 마지막 여행이 될 줄은 몰랐다.

내 전화기에 언니는 '귀인 한미숙 매점'으로 저장되어 있다. 처음부터 언니가 귀인처럼 느껴져 그렇게 저장했다. 그 인연이 이렇게 짧을 줄 상상도 못 했다. 언니는 눈앞의 일에 최선을 다하면서 주변 사람들을 진심으로 챙기는 사람이었다. 힘들게 번 돈으로도 김치며 과일을 나누어주고 시장 사람들 생일이면 몰래 간식을 준비해놓기도 했다.

내게는 이렇게 말했다.

"사람은 말로 도와주는 것보다 진심으로 다가가야 한다. 그래야 오래가."

숫기 없던 나는 언니 덕분에 세상과 한 걸음 더 가까워졌다.

짧은 인연이었지만, 언니는 내 마음 깊은 곳에 오래 남을 사람이다. 힘겨운 일상을 버틸 수 있었던 건 언니의 말보다 행동이 더 큰 '한마디'가 되어 주었기 때문이다.

"미숙 언니, 이번 생은 고생 많았어요. 좋은 곳에서는 편안하게, 따뜻

나는 혼자가 아니었다

하게 쉬세요. 정말 고마웠어요."

　사람의 인연은 길이가 아니라 깊이로 기억된다. 언니를 떠올리면 한 사람의 따뜻함이 다른 사람의 삶을 얼마나 밝게 비출 수 있는지 새삼 깨닫게 된다.

　삶은 때때로 어둠 속을 걷는 것처럼 느껴진다. 그럴 때, 말보다 행동으로 내 이름을 불러주고 나를 일으켜 세워주는 사람이 있다. 따뜻한 마음은 오래 기억되고, 그 기억은 다시 누군가의 삶을 살리는 힘이 된다.

8

신을 품은 사랑

이희정

　연둣빛 산수유가 세상을 물들여 가던 때였다. 우리가 본격적으로 사귄 지도 서너 달을 넘어가고 있었다. 그날은 근교로 드라이브를 나섰다. 음악이 흐르고, 일주일 동안 쌓인 이야기들로 차 안은 가득 찼다. 대부분은 내가 떠들었고, 미래의 남편이 될 그 남자는 빙그레 웃으며 듣기만 했다.

　경산 시가지를 지나 구불구불한 시골길로 접어들자, 어느새 논과 나지막한 산들이 둘러싼 풍경이 펼쳐졌다.

　그때 그가 말했다.

　"아버지한테 간다."

　"….."

　"아버지에게 너 소개해 주고 싶어서…."

　아무 말도 할 수 없었다.

나는 혼자가 아니었다

그에게 '아버지'가 어떤 존재인지 알고 있었다. 말 대신 조용히 고개만 끄덕였다. 그날은 내가 처음으로 시아버님의 묘를 찾아 인사를 드린 날이었다.

연애하던 시절, 우리는 참 많은 이야기를 나누었다. 새벽녘까지 통화하다 잠들던 날도 잦았었다. 나중에 청구된 전화 요금을 보고, 놀라 야단치시던 부모님의 얼굴을 떠올리면 지금도 아찔하다.

우리가 나눈 이야기 가운데 그의 아버지에 관한 이야기는 그를 깊이 이해하고, 더 사랑할 수 있게 해준 요소가 되었다.

그는 고등학교 2학년 때 아버지를 여의었다. 아버지가 돌아가신 날은 큰누나의 결혼식 날이기도 했다.

엄한 경상도 집안, 2남 2녀 중 막내였던 그는 아버지에게 유독 많은 사랑을 받으며 자랐다. 경산 남매지에서 함께 낚시하던 기억, 울산에서 먹었던 고래고기, 아버지의 오토바이를 타고 느꼈던 등의 따스한 온기…. 두 사람만의 추억은 언제나 생생했다. 그 이야기 하나하나 들을 때마다 한 편의 단막극 속으로 빠져들곤 했다.

그는 집안 막내이었기에 아버지의 암 투병 곁을 오래 지켜보았다. 그 시간 속에서 아버지가 남긴 말들은 그의 가슴에 깊이 새겨졌다. 그렇게 아버지는 점점 그에게 '신'이 되었다. 삶의 태도가 되었고, 선택의 기준이 되었으며, 인생을 떠받치는 기둥이 되었다.

걸음 둘 내게 한마디 말을 남긴다

아버님 산소에 처음 갔던 날, 그가 말했다.

"아버지다. 인사해라."

반쯤 몸을 굽혀 인사를 했다. 그는 담배 한 대에 불을 붙여 산소 앞 상석 위에 올려두었다. 말없이 절을 한 뒤, 산소와 그 위에 펼쳐진 푸른 하늘을 오래 바라보았다.

"아버지가 너 봤으면 좋아하였을 거야."

그 말이 나를 좋아하였을 거라는 뜻인지, 막내아들에게 사랑하는 사람이 생긴 것을 기뻐하였을 거라는 의미인지 묻지 못했다. 다만 그날의 장면은 오래도록 내 기억 속에 남았다.

결혼 후에도 그는 인생의 고비마다 아버님을 찾았다. 아이가 아플 때도, 가족에게 어려운 일이 생겼을 때도, 기쁜 일이 있을 때조차 그랬다.

어느 순간부터 나 역시 마음속으로 자연스럽게 '아버님…' 하고 부르게 되었다.

살다 보면 가족 사이에 서운함과 속상함이 쌓일 때가 있다. 그럴 때마다 우리는 아버님 산소를 찾았다. 가정이 화합하게 해 달라고, 반목을 거두어 달라고 기도하면 보란 듯이 아버님은 들어주셨다. 나도 모르게, 부처님 다음으로 아버님께 기도를 드리고 있는 나를 발견했다.

아이들 입시를 앞두고 남편은 말했다.

"아버지가 지켜주실 거다. 걱정하지 마라."

가족들이 인간관계에서 마음을 다칠 때도 그는 말했다.

"아버지는 다 알고 계신다. 그러니까 속상해하지 마라."

시어머니와의 갈등으로 내가 힘들어할 때는,

"아버지만 살아계셨더라면 네가 이렇게까지 속상하지는 않았을 텐데."
라며 나를 위로했다.

큰아이가 고3이었을 때였다. 세상은 코로나로 멈춰 서 있었다. 아이의
가슴에 혹이 발견되었고, 결국 수술을 했다. 칠곡 경북대학병원에 입원
한 아이 곁을 보호자로 혼자 지키며, 수술 내내 아버님께 기도했다.

"당신 막내아들의 딸입니다. 손녀를 꼭 지켜주세요."

경산 남산, 아버님이 계신 그곳을 향해 가슴이 터지도록 빌고 또 빌었다.

그 이후로도 아버님은 지금까지 우리 가정을 지켜주고 계신다.

남편의 나이는 어느새 아버님이 세상을 떠났던 그 나이를 훌쩍 넘어섰
다.

막내아들에게 신이 되어주었던 아버지,

열여덟 이후로 쉰여섯이 될 때까지 삶의 기준이 되어준 그 말들은 이
제 남편 자신이 되었다.

언젠가 우리 아이들도 삶이 뜻대로 되지 않는 날, 마음속 깊은 곳에서
"아빠…" 하고 부를 것이다.

살다 보면 문득 알게 된다.

기대어 부르던 이름이 어느새 누군가가 기대어 부르게 될 이름이 되었

다는 것을.

완벽해서가 아니라 항상 그 자리에 있어 주었기 때문에, 말보다 삶으로 보여 주었기 때문에 사람은 사람에게 신이 된다. 지금 누군가의 삶을 묵묵히 지켜주고 있다면 당신은 이미 누군가의 마음속에서 조용히 불리고 있는 이름일 것이다.

나는 혼자가 아니었다

9

희망을 심어준 아름다운 마음

전향연

꿈은 멀리 있지만 그 길은 분명히 열려 있었다. 한 평이라도 내 땅을 밟으며 아이들과 함께하고 싶다는 마음은 오래된 소망이었다. 2층 건물에서 아이들과 지내는 동안 그 꿈은 점점 또렷해졌다.

하지만 꿈은 마음만으로 이루어지지 않았다. 현실은 냉정했고, 돈은 없었다.

아이들을 사랑하는 마음 하나로 하루하루를 버티었고, 언젠가는 땅을 밟으며 아이들과 놀고 싶다는 소망을 품었다. 그때 희망의 씨앗을 심어주는 사람이 있었다.

"괜찮은 유치원 건물이 있다는데, 가볼래?"

어느 날 그녀가 불쑥 말했다. 그녀는 큰 유치원을 운영하고 있었다. 회의도 함께 다니고, 교육 프로그램도 나누며 자연스럽게 가까워진 사이다. 나를 지켜보면서 희망의 씨앗을 심어주고 싶은 마음이 컸는지 준비도 안 된 상태인 나에게 여러 유치원을 보여주었다. 마음은 늘 설레었다. 남편의 동의도 없었고 통장은 얇았지만 말이다. 그녀 덕분에 여러 유치원 건물을 보러 다녔다. '이러다 괜히 욕심만 커지는 건 아닐까.' 매물로 나온 건물들을 바라보며, 그 안에서 아이들이 뛰노는 모습을 그려보았다.

그녀는 마치 내 꿈을 자기 일처럼 여기며 함께 움직여주었다. 현실은 여전히 멀었다.

남편은 고개를 저었다.

"우리에겐 무리야."

"그냥 지금처럼 살자."

그 말이 마음을 아프게 했다. 그래도 남편의 허락을 받고 시작하고 싶었다. 하나님 앞에 간절히 기도하며 마음을 구했다. 남편의 마음이 움직이기를 기다리며 때로는 조심스럽게 설득도 이어갔다.

"괜찮아. 지금이 아니어도 돼."

"언젠가는 할 수 있을 거야. 너무 걱정하지 말자."

그녀는 서두르지 않았고, 재촉하지도 않았다. 그저 믿고 기다렸다. 5

110

년쯤 지났을 때, 남편에게서 허락을 받았다. "한번 해봐."

그 말 한마디가 세상을 다 얻은 것처럼 좋았다.

그때부터 그녀는 말이 아니라 행동으로 움직였다. 그녀뿐만 아니라 지인들이 두 발 벗고 나서서 물건, 돈, 마음, 시간을 아끼지 않고 함께했다.

은행 대출을 알아봐 주었고, 필요한 자금 일부는 자신들의 돈을 빌려주며 응원했다. 마침내 15년 만에 3개 반의 작은 유치원을 운영하게 되었다. 계약서를 쓰던 날의 떨림은 지금도 생생하다. 마음속에서 '정말 괜찮을까?'라는 질문이 수없이 맴돌았다. 그때 그녀가 말했다.

"이제 시작이야. 할 수 있어."

감동의 눈물이 났다. 그날 이후, 내 삶은 조금씩 달라지기 시작했다. 세상에서 가장 소중한 공간에서 아이들과 웃고 울며 함께 성장했다.

그녀는 단순한 친구가 아니었다. 내 인생의 방향을 바꾸어 준 아름다운 마음을 가진 사람이다. 그녀가 심어준 희망의 씨앗으로 새로운 시작을 할 수 있었다.

유치원을 계약한 다음 날 남편은 계열회사인 서울 S 병원 복지관 팀장으로 파견 근무 발령이 났다. 갑자기 복잡했다. 함께 이사를 해야 하나 아니면 계약한 유치원을 운영해야 하나 고민이 되었다. 기도하며 가족들과 상의한 다음 결정을 하였다. 하고 싶은 마음이 커서 결정도 쉬웠다.

아이들과 나는 대구에서 남편은 서울에서 주말 부부생활을 시작했다. 새롭게 시작하니 할 일도 많았다. 재미도 있었다. 아이들은 시부모님께서 전적으로 보살펴 주셨다.

5년이 지난 즈음 남편이 혼자서 더 이상 살기 힘드니 가족과 함께 살고 싶다고 간절히 원했다.

고민 끝에 삶의 자리를 서울로 옮기게 되었다. 유치원을 그만두는 아쉬움은 컸다.

유치원 아이들의 눈을 제대로 바라볼 수 없었다. 안아주고 웃으며 인사를 건넸지만, 교실을 나서며 눈물이 났다. 사랑하는 후배에게 유치원을 3대 원장으로 물려주었다. 내가 받은 희망의 씨앗을 가득 담아서 말이다.

받았던 마음 그대로, 그 사랑을 후배에게도 아낌없이 나누었다. 이 선택 역시 그녀가 보여준 삶의 태도에서 배운 것이었다. 지금도 힘들고 지칠 때면 그녀를 만나 에너지를 모은다.

그녀가 심어준 희망의 씨앗 덕분에 좋아하는 일을 오랫동안 하며 살아간다.

나도 그녀처럼 누군가에게 희망의 씨앗을 심어주는 사람이 되고 싶다.

간절함을 알아보고, 두려움을 감싸주며, 보이지 않는 가능성을 믿어주는 사람으로 남고 싶다.

지금의 삶은 모두 누군가가 심어준 씨앗 위에서 이어지고 있다.

혼자에서 서로가 되는 순간 둘

독자 참여형 체크 리스트 ✔ 또는 ○로 표시하며, 짧은 메모 한 줄을 적어보세요.

정답은 없습니다. 완성된 글이 아니어도 괜찮습니다. 문득 떠오른 얼굴, 장면 하나면 충분합니다.

빈칸을 채우는 시간이 지금의 여러분을 만나는 소중한 경험이 되길 바랍니다.

> ☐ 체크 문장
>
> "내게 남긴 말 한 마디"에서 지금의 나를 돌아보는 인식
>
> ✍ 메모
>
> 그 인식이 생긴 구체적 장면 하나

☐ **위로해야 할 순간, 말보다 곁에 머무는 선택을 해본 적이 있다.**

✍ 메모 **그날, 나는 무엇을 말하지 않았나요?**

나는 혼자가 아니었다

☐ 도움이 되기보다는 조용히 들어주는 사람이 된 날이 있다.

✍ 메모   그 침묵이 남긴 것은 무엇이었나요?

☐ 침묵이 어색하지 않은 관계를 나는 한 번쯤 경험해 보았다.

✍ 메모   그 사람과의 공통된 감정은 무엇이었나요?

걸음 둘 내게 한마디 말을 남긴다

받은 은혜를 돌려보낸다

우리가 받은 도움은

기억될 때 비로소 힘이 된다.

은혜는 붙잡아 두는 것이 아니라

다시 흘려보낼 때 살아난다.

3장은 받은 사랑이 다시 사랑이 된 순간들이다.

"서로의 삶을 지키는 거리 안에서

손을 내밀 때,

관계는 빚이 아니라 믿음으로 남는다."

〝우리가 받은 것은
움켜쥐라고 주어진 것이 아니라
흘려보내라고 주어진 것이다.〞

— 헨리 나우웬

1

막창 한 끼

김묘경

십여 년 전의 일이다. 10월의 부산, 바닷바람이 전시장 입구를 스치던 날이었다. 전시 컨벤션 등록 시스템 운영 업무로 출장 중이었다. 이 일은 행사에 참가하는 사람들이 등록부터 입장까지 불편 없이 이용하도록 등록 시스템을 기획·운영·관리하는 전문 업무이다. 행사에 오는 사람들의 '첫인상과 마지막 기록'을 책임지는 일이다. 참가자는 편하게 입장하고 주최 측은 정확한 데이터를 얻는다.

한 번도 접해보지 않았던 일이었지만, 남편 일을 도우며 용돈도 벌면 좋겠다는 마음으로 시작한 일이 어느새 전업이 되었다. 초창기에는 낯선 업무를 익히느라 밤을 새우는 날도 잦았다. 업무가 익숙해지고 재미가 붙을 무렵, 나는 현장의 관리자가 되었고 행사 때마다 아르바이트생들을 채용해 교육을 맡았다.

사전 교육 자리에서 유독 눈에 띄는 한 아르바이트생이 있었다. 이름은 선아였다.

내 말을 놓치지 않겠다는 듯 집중하는 눈빛, 처음 만난 사이임에도 마음의 거리가 느껴지지 않았다.

이틀 동안 등록 데스크에서 일하며 우리는 이야기를 나누었다.

행사 둘째 날, 업무를 마친 뒤 광안리 근처 치맥집으로 향했다. 인생 선배로서 아르바이트생에게 가끔 치킨과 맥주를 사주며 이야기를 나누곤 했다. 치킨과 맥주 말고도 도움을 건네는 방식은 많았다. 일의 맥락을 읽는 법을 알려주고, "처음엔 다 그래."라는 말로 긴장을 풀어주는 것, 실패했던 경험을 숨기지 않고 나누는 일이었다.

치맥은 거창한 위로가 아니라, 이름 없는 자리에서 애쓴 사람들에게 잠시 숨 돌릴 틈을 내어주는 방식이었다. 하루 종일 웃으며 안내하느라 굳어 있던 얼굴들이 그제야 풀어졌다.

부산의 밤바다와 치킨 냄새가 어우러진 자리였다. 그녀는 말을 많이 하기보다는 이야기를 잘 들어주는 사람이었다.

기분이 좋아진 나는 가벼운 농담처럼 말했다.

"다음에 대구 오면 꼭 연락해요. 제가 막창 살게요. 대구는 막창이 유명한 거 알죠?"

그 말은 하루의 여운을 조금 더 이어보고 싶은 마음, 친절한 인사의 다른 표현이었다.

나는 혼자가 아니었다

그 말이 누군가에게 삶을 붙잡는 실마리가 될 줄은 그때는 알지 못했다.

출장을 마치고 몇 주쯤 지났을 때, 낯선 번호로 전화가 걸려 왔다.

"실장님 안녕하세요? 저 부산에서 일했던 선아예요. 대구 가면 정말 막창 사주시는 거죠?"

반가운 마음으로 전화를 끊었고, 며칠 뒤 캐리어를 끌고 그녀가 찾아 왔다.

밝은 미소 뒤에 겹친 근심을 애써 들여다보지 않았다.

막창과 소주를 앞에 두고 이야기를 나누다 그녀가 조심스럽게 물었다.

"며칠 대구에서 일할 수 있을까요?"

마침 전시회가 있어 함께 일하자고 했다. 숙소를 잡아주고 나흘 동안 함께 일했다. 다른 아르바이트생보다 조금 더 시급을 주었고, 숙박비는 내가 결제했다.

그 모든 선택은 특별한 결심이기보다 나의 자연스러운 의지에 가까 웠다. 그냥 그렇게 해주고 싶었다.

마지막 날, 그녀가 말했다.

"숙박비는 나중에 꼭 갚을게요. 죄송하지만 여비를 조금만 더 빌려줄 수 있을까요?"

이유를 묻고 싶었지만 묻지 않았다. 그 질문이 그녀를 더 작게 만들 것 같았기 때문이다.

그저 말한 만큼의 현금을 준비해 주었다.

행사가 끝난 뒤, 우리는 각자의 자리로 돌아갔다.

이후 몇 차례 연락했지만 닿지 않았다. 서운함과 불안이 교차했다.

그러다 어느 날, 그녀에게서 전화가 왔다.

"실장님. 저… 그때 대구 내려가기 전에 죽으려고 했었어요."

숨이 멎는 것 같았다.

"그런데 실장님 말이 생각났어요. 대구 오면 막창 사준다고 했던 말요. 빈말일 거라 생각했는데, 너무 쉽게 오라고 해서… 그게 저를 멈추게 했어요."

내가 무심코 건넨 한마디가 누군가의 마지막 결정을 바꾸었다는 사실 앞에서, 나는 한동안 아무 말도 할 수 없었다.

"지금은 괜찮아요. 일자리도 잡았고요. 자리 잡히면 꼭 갚을게요."

그 통화가 우리의 마지막이었다.

그 후 내가 먼저 연락하지 않은 이유는 하나였다. 혹시라도 그 시절의 기억이 그녀에게 상처로 되살아나 내가 건넸던 온기마저 짐이 되지 않기를 바랐기 때문이다.

잠시 이야기를 들어준 시간, 계산 없는 도움, 밥 한 끼의 온기, "다음에 또 보자."라는 가벼운 약속.

그 모든 것은 내가 베푼 친절이라기보다 살아오면서 내가 이미 받아왔던 은혜의 다른 모습이었다고 생각한다.

누군가에게서 받았던 믿음이 나를 지나 다시 흘러간 것이다.

나는 혼자가 아니었다

한동안 그녀를 잊지 못했다. 그리고 비로소 알게 되었다.

은혜는 붙잡아 두면 빚이 되지만 흘려보낼 때 믿음으로 남는다는 것을 말이다.

아무리 사소해 보이는 마음일지라도 하찮게 여기지 않겠다고 다짐했다.

짧은 인연일수록 더 조심스럽게, 그러나 외면하지 않으며 손을 내미는 사람이 되고 싶어졌다.

누군가의 삶에 오래 머무는 사람이 아니라 다시 살아볼 이유를 남기는 사람으로 남은 인생을 살아가련다.

2

아버지의 무게

김혜련

손녀를 보러 아들 집으로 향했다. 태어난 지 40일이다. 새 생명은 우리 가족에게 온 소중한 축복이다. 두세 번 들렀을 때는 잠들어 있었다. 오늘은 내 품에 안기자 눈의 초점을 맞추려는 듯 나를 올려다보았다.

"루아가 오늘은 눈을 떴네." 남편은 손녀의 이름을 부르며 살갑게 얼렀다. 내가 "한 번 안아보라."고 권하자, 그는 손사래를 치며 뒤로 물러났다.

남편의 그 조심스러움 속에는 깊은 사랑이 묻어 있었다. 딸을 키울 때보다 더 사랑스럽고, 아들을 키울 때보다도 더 깊은 마음으로 루아를 바라보는 듯했다.

아직 붓기가 남아 있는 며느리의 얼굴을 보니 출산 후 기력이 완전히 회복되지 않은 모습이었다.

그 얼굴을 바라보는 순간 마음 한편이 찡해졌다.

124

아이를 낳는 일은 삶이 주는 가장 큰 변화다. 그 변화에는 기쁨과 고통이 함께 들어 있다는 사실을 며느리가 온몸으로 보여주고 있었다.

"몸은 회복이 어떠니? 산후 마사지 받고, 미역국도 열심히 먹으렴."

"괜찮아요, 어머니. 이제 많이 나았어요." 웃으며 말했다.

아들은 점심 준비를 하는지 싱크대 앞에 섰다. 고개를 살짝 숙이고 칼을 다루는 손길이 능숙하였다.

철없는 아들로만 보였는데 이제는 한 가정의 가장이 되어 아내와 아이를 먼저 살피는 모습이 대견했다.

"점심은 하고 가세요. 무탕을 끓이고 있어요."

그 말에는 '부모가 와주니 힘이 난다'라는 마음과 '함께 밥을 먹고 싶다'는 정이 담겨 있었다. 우리는 남편이 좋아하는 흑염소탕을 먹기로 한 터라 아쉬움을 뒤로하고 아들 집을 나섰다.

막상 손녀의 눈망울을 보고 나오니 마음속에 가족의 온기가 느껴졌다.

새로운 생명이 태어나는 기쁨, 그 생명을 키워내며 얻은 며느리의 고통과 용기, 그리고 한층 더 어른이 된 아들의 모습까지 모두가 선물처럼 내 앞에 놓여 있었다.

흑염소탕 식당은 며느리를 산후조리원에 들여보내고 우연히 들렀던 맛집이었다.

"여보, 아이들에게 포장해서 갖다 줍시다." 맛난 것을 자식에게 먹이고

걸음 셋 받은 은혜를 돌려보낸다

싶은 남편의 마음이었다. 식사를 먼저 마친 그는 뜨거운 음식을 빨리 먹지 못하는 나를 기다려 주었다.

흑염소탕을 포장해 아들에게 전해주기 위해 차에 올랐다. 뒷좌석에 놓인 비닐봉지에서는 따끈한 국물과 약재 향이 퍼져 나왔다.

"아까 식당에서 마음이 짠한 장면을 봤어."

남편은 식당에서 마주친 한 가족 이야기를 들려주었다.

식당 창가 네 자리 테이블에는 흰머리가 성성한, 일흔쯤 되어 보이는 노부부와 서른 중반의 아들이 앉아 있었다고 하였다.

아들은 특대를, 부모님은 보통을 주문했다. 잠시 후, 김이 모락모락 나는 흑염소탕이 테이블 위에 놓였다. 남편은 아버지가 자신의 그릇에서 살코기 몇 점을 숟가락으로 조심스레 떠 아들 그릇에 옮겨 담는 모습을 봤다. 아들은 말없이 그것을 받아먹었고, 아버지는 아무렇지 않은 듯 자신의 그릇을 비우기 시작했다.

그 모습이 어딘가 익숙하면서도 묘하게 뭉클했다고 하였다.

어린 시절에는 부모가 자식에게 먹을 것을 챙겨주는 것이 자연스럽다. 자식이 성인이 된 이후에도 부모는 여전히 '주는 사랑'으로 살아간다.

남편은 말했다.

"아들은 특대로 시켰는데도, 아버지는 자기 것을 덜어주고 싶었던 것 같더라."

나이 든 아버지가 아들에게 더 먹이고 싶은 마음을 아직도 품고 있었다.

126

사람의 마음은 나이 든다고 작아지지 않는다. 몸은 늙어도 마음은 평생 살아온 방식대로 움직인다.

누군가를 먼저 챙기고 싶은 마음. 내 것보다 자식을 먼저 생각하는 마음. 그런 본능 같은 사랑은 세월이 흘러도 쉽사리 사라지지 않는다.

아버지가 옮긴 것은 단순한 고기가 아니었다. 그는 평생의 마음을 아들 그릇에 덜어 주고 있었다.

누군가를 위해 챙기고 나누는 일은 대단한 희생이 있어야만 가능한 것이 아니다. 작은 한 숟가락에도 사람의 깊이가 묻어난다.

우리는 모두 누군가의 그릇에 작게라도 마음 하나 옮겨 담으며 살아간다.

어떤 날은 부모로서, 어떤 날은 자식으로서, 또 어떤 날은 친구나 동료의 자리를 채운다.

흑염소탕 한 그릇 위에서 펼쳐진 짧은 장면은 사람이 사람에게 건네는 사랑이 무엇인지 새삼 일깨워 주었다.

우리는 오늘도 누군가의 그릇에 마음을 담는다.

받은 사랑만큼 주는 사랑도 사람을 성장시킨다. 평범한 식탁 위에서도 깊은 삶의 장면이 남아 있다.

서로에게 건넨 작은 마음들이 결국 삶을 지탱한다. 우리는 혼자가 아니다. 누군가의 따뜻한 손길이 곁에 있다.

손녀의 맑은 눈빛은 우리 삶을 다시 시작하게 하는 힘이다. 그 축복을

127

바라보며 마음이 겸손해진다.

엄마가 된 며느리는 단단함이 배어 있다. 아들은 서로를 지탱해준다.

남편이 '포장해 주자'고 말한 것도, 보양식을 자식에게 전하고 싶은 것도 마음에서 비롯된 사랑이었을 것이다.

우리는 매 순간 누군가의 그릇에 마음을 덜어주며 살아간다. 주는 사랑은 받는 사랑만큼 사람을 성장하게 한다. 삶은 결국 관계 속에서 더 깊어지고 단단해진다. 우리는 혼자가 아니다. 언제나 곁에서 마음을 나누는 이가 있다.

나는 혼자가 아니었다

3

당신이 있어 내가 빛난다

박경애

지금은 '노출의 시대'라 한다. 잘하는 것이 있으면 스스로 드러내야 기회가 열린다. 보여주지 않으면 아무도 알 수 없다. 공부방 운영할 때 학생들 수학 성적을 많이 올려 주었고 좋아하는 과목으로 만들었다. 그 당시 주위에 자랑하고 손을 내밀어야 했는데 그렇지 못했다. 이제껏 겸손을 미덕으로 배워온 나로서는 쉽지 않다. 늘 자신을 한 발 낮추고 살아왔기 때문이다. 글을 쓰며 깨닫는다. 나도 누군가에게 빛이 되었던 사람이라는 것을.

감사의 편지를 받았고, 고맙다는 인사를 수없이 들었다. 내가 누군가에게 도움이 되었기에 사랑을 돌려받은 순간들이었다. 어떤 이는 사랑을 받아도 표현을 잘 못하지만 어떤 이는 아주 작은 것에도 깊이 감사할 줄 안다.

공부방을 운영하던 시절. 학생들의 영어 실력이 늘 마음에 걸렸다. 가까이 지내던 역사 선생님의 동생을 영어 선생님으로 소개받았다. 차분하고 성실한 그녀는 금세 훌륭한 동료이자 소중한 친구가 되었다. 함께 웃고 고민하며 아이들을 가르쳤다.

그러던 어느 날, 그녀가 호주로 이민 간다는 소식을 전했다. 마음 한편이 텅 비는 듯했지만, 인연은 멀어지지 않았다. 카톡으로 안부 나누고 가끔 화상통화도 하고 있다.

2015년 겨울, 초등 5학년 아들과 초등 3학년 딸을 데리고 영주권 받기 직전 한국 방문했을 때, 나는 그들을 집에 초대하였다. 한국 음식이 그리웠을 것 같아 김장 김치와 수육을 정성껏 준비했다. 아이들도 맛있게 먹고 고마워하며 행복한 시간을 보내고 갔다.

2022년, 그녀의 아들이 고등학교 졸업하고 다시 한국에 여행 왔다. 서울 구경하고 본가가 있는 대구에 왔다는 연락받고 집에 초대했다. 이번에도 수육 삶고 김장 김치와 식사 준비하다가 문득 성인이 되어 입맛이 변했을 것 같아 카톡으로 원하는 메뉴를 물었다. "로제 떡볶이요!"라고 말하였다. 호주에서는 수육을 자주 해 먹는다며 웃었다. 아이들은 한국 음식이 그립지 않았을 것 같다. 유치원, 초등 2학년에 호주가서 한국 음식 맛은 기억 못 할 것 같다.

로제 떡볶이와 과일, 견과류, 과자를 상에 가득 펼쳐놓고 즐거운 이야기 나누면서 행복한 시간을 보냈다.

나는 혼자가 아니었다

아이들은 다양한 한국의 음식과 놀이기구, 화려한 불빛이 좋다고 하였다. 호주는 한국 식사처럼 반찬 종류가 많지 않다고 말했다. 한국과 호주 중 어디가 더 살기 좋냐고 물었다. 놀기에는 한국이 좋지만, 초등부터 고등까지 살아온 곳이라 그런지 호주가 편하다고 했다.

그녀는 한국에서 괴로워하던 비염, 알레르기는 자연스레 사라졌지만, 향수가 그리워 가족 챙길 여력이 없었고 부부가 서로 본인 챙기기에 바빴다고 하였다. 이제는 적응이 되어 괜찮다고 했다. 한국보다 인건비가 높지만, 방세가 비싸 대출로 집을 샀다며 놀러 오라고 말했다.

10년 넘게 호주에서 살아온 그녀지만 마음의 거리는 언제나 가까웠다.

건강이 좋지 않다고 했더니 걱정하며 위로의 카톡을 자주 보내왔다. 위고도선종 제거 수술 날짜 듣고부터 매일 밤 무릎 꿇고 기도했다고 한다.

"한국에 있으면 병원도 함께 가고 싶어요."

긴 메시지 속에 담긴 그 마음이 얼마나 따뜻했던지 모른다. 불안해하는 나를 다독여 주었다.

"수술 잘 받고, 꼭 호주에 놀러 와요."

그 한마디에 눈물이 핑 돌았다. 수술 시간을 알렸다. 수술이 끝나자 먼저 걸려 온 전화도 그녀다. 멀게만 느껴졌던 호주는 멀지 않다.

그녀의 목소리를 듣는데 살아 있다는 사실이 그리고 다시 만날 수 있다는 것이 얼마나 기쁜지 몰랐다. 마음을 나눌 수 있는 사람. 그녀는 내 인생의 또 하나의 빛이다.

학생들의 수학 성적을 높이기 위해 그리고 수학을 좋아하는 과목으로 만들어 주기 위해 정말 많은 노력을 기울였다. 그 결과 학생들은 성적이 오르며 자신감을 되찾았고 수학을 좋아하게 되었으며 나 또한 그들의 좋아하는 선생님이 되었다.

지금도 대학 입학 소식이나 취업 소식을 전하는 전화가 온다. 그럴 때면 가슴이 뿌듯하다.

"선생님, 그렇게 잘 가르치시는데 공부방을 왜 그만두셨어요?"

이런 질문을 받을 때면 잠시 생각에 잠긴다.

나는 욕심 부리지 않고 그저 학생들에게 도움이 되고 싶었다. 링거 맞으면서도 시험 준비 도와주었고, 간식 챙겨주며 시험이 끝나면 작은 파티로 아이들의 긴장을 풀어주었다. 영어가 부족한 학생들을 위해 그녀를 소개해 주었다.

그녀의 실력을 진심으로 인정했고 한 명이라도 더 연결해 주기 위해 노력하였다. 그녀는 나보다 훨씬 더 꼼꼼하게 수업 진행했으며 자연스럽게 성적도 잘 올라갔다. 열정이 많은 그녀는 속상할 때 나에게 문자로 속마음을 털어놓곤 했다. 그 문자 내용이 학부모님께 전달되며 곤란했던 적도 있었다. 예민한 성격 탓에 더 힘들어했지만 그럴 때 내가 다독여 주었다. 그녀 역시 나를 위로 해 주었다. 우리는 서로를 따뜻하게 품으며 교사로서 사람으로서 깊은 인연을 쌓아갔다. 결국 우리는 서로에게 감사하며 좋은 인연을 이어가고 있다. 하늘이 맺어준 인연이라 믿는다.

그리고 이제 '시니어'라는 단어가 내 앞에 놓여 있다. 강의에서 강사가 시니어는 경쟁하지 않아도 되는 사람이라고 했다. 참 편하고 좋은 말이다.

곧 그 단어의 주인공이 될 나는 더 편한 사람이 되고 싶다. 나를 찾아오는 이들이 쉬어갈 수 있는 넉넉한 그늘 편히 머물 수 있는 마음의 공간을 만들어야겠다.

살아오며 많은 도움과 말 한마디에 기대어 여기까지 왔다. 그 마음을 떠올리면 누군가에게 건네는 친절은 거창할 필요가 없다는 걸 알게 된다.

말 한마디, 눈길 하나, '괜찮다'는 짧은 문장만으로도 우리는 충분히 서로의 하루를 지켜줄 수 있다.

그렇게 흘러온 마음은, 언젠가 또 다른 누군가에게 닿을 것이다.

걸음 셋 받은 은혜를 돌려보낸다

4

다시 웃음을 찾게 한 손길

박명애

햇살이 포근하게 내려앉은 날이었다. 잎이 무성한 나무 아래 깊은 그림자가 드리워져 있었다. 그림자는 나를 감싸는 듯 고요했고, 문득 지난 시간을 돌아보게 하였다.

오랜 시간 유치원 현장에서 아이들과 함께 지내오며 바쁘게만 흘러가는 하루를 살았다. 주변을 둘러볼 여유도 없었다. 내 마음도 잎이 듬성듬성한 나무처럼 한없이 허전했다.

나는 적극적인 편이기보다 걱정이 많았다. 일을 하면서도 고민을 너무 하다 보니 결정을 쉽게 내리지 못했다. 그럴 때마다 친구 영숙이는 너는 이미 잘 해내고 있어, 하며 걱정 보따리를 안고 살지 말고 앞으로 나아가라고 했다. 선배 혜숙 언니도 복잡함을 단순하게 덜어내면 결정하는 방향이 훨씬 좁혀진다고 했다. 따뜻한 조언들이 내 마음을 지탱해

준 힘이었다.

어느 겨울은 길고 어두웠다. 유치원 원장이 바뀌면서 예상치 못한 공백기가 찾아왔고, 남편에게도 큰 시련이 찾아왔다. 친구의 속임수에 넘어가 보증을 서게 된 것이다. 그 일은 경제적 손실뿐 아니라 정신적 충격까지 겪었다. 건강마저 급격히 나빠지며 남편은 점점 지쳐갔다. 가장의 무게는 생각보다 훨씬 무겁게 내려앉았다. 나는 힘든 일에 부닥치면 가능하면 어떻게든 혼자 해결해 보려고 갖은 애를 쓰려고 하는 편이다. 이번에도 누구에게도 말하지 못한 채 밤마다 뒤척였다. 남편의 사업은 점점 미궁으로 빠져가고, 속임수로 속인 친구는 온데간데없이 사라져 버렸다. 모든 책임과 후폭풍은 남편 혼자 견뎌야 했다. 혼자서 무너져 버릴까 두려움에 밤새 잠을 이루지 못했다.

낮에는 아무렇지 않은 척 웃으며 일상을 버텼지만, 밤이면 마음속에서는 용광로처럼 끓어오르는 불안과 걱정이 나를 집어삼켰다. 정신은 밤과 낮을 오가며 불안정했고, 하루하루가 버거운 시간이 이어졌다. 어느 순간, 더는 혼자 감당할 수 없다는 생각이 들었다. 누군가에게 이 상황을 털어놓는 것이 오히려 용기가 아닐까 싶었다. 망설임 끝에 시어머님께 모든 사실을 말씀드렸다.

남편이 친구에게 겪은 속임, 보증으로 인한 경제적 손실, 악화된 건강,

그리고 우리 생활의 어려움까지 조심스레 털어놓았다. 시어머님은 화를 내기보다 먼저 나와 남편을 걱정했다.

"너무 걱정하지 말아라. 몸부터 챙겨라."

그 한마디가 얼어붙어 있던 마음을 따뜻하게 녹였다.

며칠 뒤, 시이모님께서도 남편의 경제적 부담을 덜어주겠다는 말씀을 전해왔다. 그 순간, 꾹 참아왔던 눈물이 봇물 터지듯 쏟아졌다. 늘 혼자 해결하려 하고 자존심 때문에 도움을 청하지 못했던 나에게 '나를 챙겨주는 사람이 있다'는 사실은 너무나 큰 위로였다. 이 일들을 겪으며 깨달았다. 위기의 순간에 자존심은 아무런 도움이 되지 않는다. 사람을 살리는 힘은 '혼자 버티는 용기'가 아니라 도움이 필요하다고 말할 수 있는 용기였다.

시어머님과 시이모님의 진심 어린 도움 덕분에 우리는 위기를 넘겼다.

남편과 나는 점차 안정을 되찾기 시작했다. 얼마 지나지 않아 선배의 연락으로 유치원에 다시 근무하게 되었다. 우리 가정에는 예전처럼 웃음과 평온이 돌아왔다.

휘몰아친 어려움이 지나간 후에야 비로소 알게 되었다. 무지한 희생은 오히려 마음과 몸을 병들게 한다는 것. 그리고 도움을 청하는 사람은 약한 사람이 아니라, 자신을 지지할 줄 아는 사람이라는 것을. 지나 온 시간 속에는 늘 도움의 손길이 있었다. 유년 시절 들었던 선생님의 조언, 사회 속에서 만난 사람들과의 배움, 서로 나눈 작은 마음들이 쌓여 힘들었던 조각조각 기억들이 습작 되어도 잊어가게 되는 것은 길을 열어주는 선배 안내자들이 준 사랑이 늘 한 켠에 남아 움직이기 때문이다.

요즘 나는 배구 신인 감독 김연경의 팀 '원더독스' 경기를 즐겨본다. 약자가 기적을 일으키는 모습에서 큰 용기를 얻는다. 서로에게 건네는 응원과 믿음, 그리고 스스로에게 주는 자기 확신은 선수들을 다시 일어서게 하는 원동력이 된다.

그 모습을 보며 스스로에게 묻는다.

"나는 언제부터 '잘 해낼 수 있다'고 말하기 시작했을까?"

오래전 유치원 발표회 의상을 디자인하며 잘 만들 수 있다고 나에게 주문을 걸었다. 아이들이 입고 무대에 올랐다. 구경 온 친구들은 옷이 너무 예쁘다며 서로 빌려 달라고 할 정도였다. 그날 이후 나는 하면 된다는 자신감을 얻었다.

또 한번은 김치를 담갔을 때 남편은 맛이 없다며 핀잔을 주었다. 다음에는 김치를 담그기 전 '나는 김치 명장이다'라는 확신을 외쳤다. 반찬 하나에도 정성과 마음을 다했다. 그 덕분이었을까? 남편은 '이번 김치는 정말 맛있다'며 엄지척을 했다. 남편이 건넨 말과 제스츄어에서 보이는 함축된 표현은 확신을 주는 믿음이 살아나 행복한 웃음이 지어졌다.

　자신감과 용기를 스스로 내면 깊이 틀 안에 두고 *끄집어내지* 않으려고
하였다. 나의 능력을 *끄집어내* 준 남편과 친구, 선배들이 보내준 응원에
힘입어

　마음먹기에서 출발한 자신감은 일상에서의 긍정 확언이 중요함을 알
게 하였다.

　혼자 버텨내는 것처럼 보이지만 다정한 위로가 되는 손길들이 늘 가까
이 있음을 알아간다.

나는 혼자가 아니었다

5

받은 사랑, 다시 사랑으로

박영희

2013년, 신입 유아 모집 시기였다.

유치원은 매년 12월 초에 유아를 모집하고, 다음 해 3월에 입학한다. 학부모들은 교육환경을 둘러보고 프로그램에 대한 설명을 들으며, 자녀의 첫 배움터를 신중하게 선택한다. 그날도 여러 부모님과 상담을 진행하던 중, 한 어머니가 조심스럽게 개별 면담을 요청했다.

보통은 소그룹으로 상담하는데, 개인 면담이라 하니 무슨 사정이 있을까 궁금했다. 마주 앉은 어머니의 표정에는 불안과 망설임이 스쳐 지나갔다.

"저희 아이는 만 세 살 딸인데요…. 다운 증후군으로 약간의 장애가 있습니다. 혹시 유치원에서 받아 주실 수 있을까요? 다른 곳에서는 어렵다

139

고 하네요."

그 말에 가슴이 먹먹해졌다.

장애가 있다는 이유로, 아이를 받아달라 간청해야 하는 어머니의 마음이 얼마나 아팠을까. 나는 단호히, 그러나 부드럽게 말했다.

"물론입니다. 유치원은 아이를 선별하는 곳이 아닙니다. 모든 아이는 함께 자라야지요."

그 순간 어머니의 얼굴에 따뜻한 안도의 빛이 스며들었다.

며칠 후, 가영이(가명)는 조심스러운 걸음으로 유치원에 들어섰다. 낯선 공간이 두려웠는지 마당에서 현관까지 들어오는 데만 20분이 걸렸다. 작은 발걸음 하나하나가 마치 살얼음 위를 걷는 듯 조심스러웠다. 눈 맞춤도 쉽지 않았고, 또래보다 작고 연약했지만, 웃을 때면 세상을 다 품을 듯한 해맑은 미소를 지었다.

어머니는 늦은 나이에 얻은 딸이 장애로 불편한 것을 자신 탓이라고 안타까워했지만, 누구보다 깊은 사랑으로 아이를 감싸고 있었다. 나 역시 그 사랑이 헛되지 않도록, 가영이의 가능성을 믿고 끝까지 함께하리라 마음먹었다.

작은 생활 습관부터 하나씩 시작했다. 밥 먹기, 신발 신기, 옷 입기. 단순해 보이지만 가영이에게는 쉽지 않았다. "발 넣고, 찍찍이 붙이고…." 차근차근 말하며 스스로 할 때까지 기다렸다.

나는 혼자가 아니었다

처음으로 혼자 신발을 신던 날, 나는 아이보다 더 기뻤다. 그 작은 손 끝에서 '성장'이 움트고 있었기 때문이다.

또래 친구들은 체구가 작은 가영이를 아기처럼 돌보려 했다.

"가영이는 아기가 아니야, 친구야."

나는 아이들에게 그렇게 말하며, 가영이가 스스로 설 수 있도록 돕는 데 집중했다.

가끔은 울거나 물건을 던지며 감정을 폭발시켰다.

그럴 때면 두 손으로 아이를 붙잡고 조용히 진정될 때까지 기다렸다.

"왜 화가 났을까?"

긴 침묵 끝에, 가영이는 처음으로 또래를 향한 감정을 말했다.

"내 장난감 가져갔어." 그 작은 말에 나는 울컥했다.

가영이가 드디어 타인을 향해 마음의 문을 연 것이다.

그날 이후, 아이는 조금씩 타인을 향해 마음의 문을 열기 시작했다.

시간이 흐르며 가영이는 갈등 속에서 감정을 표현하고 타협하는 법을 배웠고, 친구들 역시 그 아이를 도우며 함께 성장했다. 3년 뒤 초등학교로 진학한 가영이는, 걱정과 달리 학교에서도 잘 지냈다.

졸업생 동창회 날, 어머니는 양손 가득 간식을 들고 찾아와 말했다.

"선생님, 우리 가영이 학교에서 너무 잘 지내요."

그 말은 세상의 어떤 보상보다 값졌다.

오랜 세월 유아교육을 하면서 단 한 번도 같은 아이, 같은 이야기는 없었다.

하지만 나는 매 순간, 내 자식보다 더 귀히 아이들을 아꼈다.

그들에게 주고 싶은 것이 많았기에 최선을 다했고, 아이들은 그 사랑을 고스란히 받아 자라났다.

남들이 아파트에 투자할 때, 나는 아이들의 교육환경에 투자했다.

친구들은 "유치원에 그렇게 돈을 쏟아부으면 남는 게 있어?"라고 걱정했지만 나는 후회하지 않았다. 이 일이 돈을 위한 선택이었다면 오래 버티지 못했을 것이다. 그저 직장만이 아닌 직업인으로서 유아교육을 꿈꾸었고 그 공간을 가꾸는 일들이 나를 다시 피우는 일이었다.

그동안 내가 일구어낸 곳에서 나의 가치를 인정해 주었고, 내가 죽어라 일할 수 있도록 용기를 준 곳이다. 아이들이 성장할 때 느끼는 감동, 부모님들의 변화, 그 모든 경험이 내 삶을 다시 일으켜 세웠다.

그저 내가 받은 사랑을 다시 사랑으로 돌려드리고 싶었을 뿐이다.

은혜는 나눌 때 더욱 깊어진다는 것을, 아이들이 내게 가르쳐주었다.

그 길 위에서 나는 지금도 배운다. 은혜는 나눌 때 더욱 깊어진다는 것을. 지금까지 받아온 은혜를 갚아 가며 살아가는 것이 보이지 않는 사랑의 실천일 것이다.

나는 혼자가 아니었다

6

기댈 수 있는 한 사람의 어른

이가경

"우울감이 우울증으로 빠지기 전에!"

청년들을 대상으로 강의 의뢰가 들어왔다. 주제를 무엇으로 정할지 고민하던 끝에, 이 시대의 청년들에게 가장 절실하다고 느껴지는 주제를 선택했다.

누구나 우울감을 경험할 수 있다. 중요한 건 우울증으로 가기 전 단계에서 빠르게 일상으로 회복할 수 있는 힘이 필요하다. 바로 회복탄력성. 나는 청년들과 함께 이것에 대해 이야기를 나누고 싶었다.

강의실의 공기는 진지함으로 가득 차 있었다. 청년들의 얼굴에는 피곤함이 묻어났다. 말 한마디, 한마디에 고개를 끄덕이는 모습에서 그들이 견뎌온 시간과 표정 뒤의 무거운 마음이 느껴졌다.

걸음 셋 받은 은혜를 돌려보낸다

강의가 끝나자 청년들이 다가왔다. 짧게 고개를 숙이며 "감사합니다."라고 말하는 이, 자신의 고민을 나누며 조언을 구하는 이, "저 정말 힘들어요. 도와주세요."라고 고백하는 이들까지.

짧은 시간에 본인들이 품고 있는 사연들을 다 나누지 못했지만 저마다의 힘듦을 안고 살아가고 있었다. 그리고 얼마 지나지 않아 메일함에 한 장문의 편지가 도착했다.

메일의 첫 구절은 이렇게 시작되었다.

"안녕하세요, 지난주 강의를 들었던 청년입니다."

메일은 조심스럽고 진지한 글로 가득 차 있었다. 20대 후반의 나이, 연구실 생활, 반복되는 실수, 비난, 위축되는 마음, 그리고 이곳을 벗어나 사라지고 싶다는 이야기까지.

청년은 열심히 살아보려 애쓰고 있었다. 시간이 지나면 괜찮아질 거라고 스스로에게 말해왔지만, 버티면 버틸수록 마음이 더 빠르게 닳아버렸다고 했다. 자신의 상태가 우울감인지, 우울증의 초입인지조차 알기 어려울 만큼 감정이 흐려졌고 판단도 흐트러져 있었다.

무너지는 자신을 어떻게 바라봐야 할지 몰랐고, 신앙 안에서조차 길을 찾기 어려워했다.

"하나님이 저를 연단하시는 과정이라면… 저는 지금 행복하지 않아도 괜찮은 건가요?"

그 문장을 읽고 오랫동안 메일을 내려놓지 못했다. 청년의 글은 단순한 힘듦을 나열한 것이 아닌 절박한 SOS 신호였다.

글을 읽는 내내 마음이 무거웠다. 그러나 이미 꽉 찬 업무 일정을 보내고 있던 나는 그 청년에게 충분한 상담 시간을 약속할 수 없었다. 전문적인 치료가 필요한 단계라면 병원을 안내하는 것이 맞았다. 그래서 작은 제안을 했다.

"일주일에 한 번씩 통화하면서 저에게 삶의 이야기를 들려주면 어때요?"

거창한 조언보다 그저 이야기를 들어주는 것이 지금 이 청년에게 '등불 하나 켜주는 일'인 것 같았다. 청년은 고맙다고 답했다. 그날 이후부터 일주일에 한 번 짧은 통화를 이어가기 시작했다.

청년의 삶은 살아보고 싶은 마음과 사라지고 싶은 마음 사이에서의 줄다리기 같았다. 간단한 우울증 테스트를 했고 병원에 가기를 권유했다. 우울증을 이기게 하려고 조언하지 않았다. 의지로 버티라고 하지도 않았다. 그저 그 감정이 왜 생겼는지 함께 들여다보고, 객관화해 주었다. 제3자의 눈으로 자신이 처한 상황을 바라볼 수 있도록 말이다.

그리고 3주 차가 지날 때쯤 작은 미션을 주었다. 매일 10분 책 읽기, 하루를 지내며 감사한 것 기록하기, 운동하기와 같이 일상에서 쉽게 실천할 수 있는 활동이었다. 실행력을 높이기 위해 매일 문자로 "미션 완료"

인증을 하도록 했다. 8주 차가 되었을 무렵 그 청년은 이런 메시지를 남겼다.

"누군가를 위해 기도해 줄 수 있어서 다행이다."

이 글을 보는 순간 '이제 됐다'라는 생각이 들었다. 사람은 자기 문제가 버거울 때, 타인의 아픔이 쉽게 보이지 않는다. 그런데 누군가를 위해 기도할 수 있다는 것은, 이제 주변을 돌아볼 여유가 그 마음 안에 생겼다는 뜻이었다. 또 하나의 변화는 사람들을 만나기 싫어하고 집에만 있으려 했던 모습에서 다시 바깥으로 나설 수 있는 힘이 생겼다는 것이었다.

사람들은 저마다의 아픔을 안고 살아간다. 누군가는 그 아픔 속에서도 힘겹게 다시 일어선다. 하지만 부정적인 사건이 연속으로 일어나거나, 아픔의 크기가 감당하기 어려울 만큼 커질 때는 거대한 늪에 빠져 버린다. 이 늪은 혼자 힘으로 빠져나오기 어렵다. 허우적댈수록 더 깊이 가라앉는다. 그런데 그 사람을 구하는 일은 10명, 100명, 1000명이 필요한 것이 아니다. 한두 명만 있으면 된다.

나는 그 청년이 기댈 수 있는 한 사람의 어른이 되고 싶었다. 그를 변화시킨 것은 엄청난 조언이나 기술이 아니었다. 전문적인 용어도, 복잡한 심리 이론도 아니었다. 그저 한 사람의 절망 앞에서 "지금의 감정은 이상한 것이 아니며, 결코 당신의 잘못이 아닙니다."라는 말로 함께 서 있어 준 것뿐이었다. 바로 작은 한마디가 그의 삶에 새로운 방향을 만들었다.

청년은 감사하다고 했지만 이 시간은 오히려 나에게 큰 선물이 되었다. 누군가의 마음이 회복되는 과정을 지켜보는 일은 그 자체로 힘이 되기 때문이다. 우리는 종종 누군가를 돕기 위해 큰 능력이나 특별한 기술이 필요하다고 생각한다. 하지만 작은 선행은 누군가의 무너지는 마음에 등불을 켜주는 일이다. '세상은 아직 살 만한 곳'이라는 마음을 다시 꺼내게 하는 힘은 거창한 행동이 아니라 곁에 함께 있어 주는 일에서 시작된다.

나는 오늘도 믿는다. 한 사람의 어둠을 밝힌 작은 불이, 다시 다른 누군가의 삶을 비추는 빛이 되리라는 것을. 이렇게 이어진 선순환은 세상을 살아볼 만한 곳으로 만들 것이다.

걸음 셋 받은 은혜를 돌려보낸다

7

값없이 주는 사랑

루시 Lucy

엄마는 3남 3녀 중 둘째였다. 농사에 매달릴 수밖에 없던 외할머니를 대신해 일찍부터 밥을 하고 집안일을 도맡아야 했다. 외할머니는 동네에서 손꼽힐 만큼 까다롭고 고집이 센 사람으로 알려져 있었다. 살림살이도 넉넉하지 않았고 집안일이 먼저였다. 그 탓에 학교 다니는 것을 못마땅해하였다. 엄마는 겨우 국민학교만 마쳤다.

엄마는 자신의 아픔을 우리에게 물려주지 않으려 했다. 배움에 대한 관심이 컸다. 농사일은 일손이 꼭 필요할 때만 시켰다. 일이 끝나면 꼭 용돈을 챙겨 주었다.

내 고향 영양은 고추 농사를 주로 지었다. 봄방학이 되면 고추를 심는 시기이다. 부모님은 호미로 고추 심을 곳에 구멍을 파고 동생들과 나는 고추 모종을 놓았다. 그런 다음 고추에 물을 주면 부모님이 고추 뿌리를

나는 혼자가 아니었다

흙으로 덮어 마무리하였다.

아빠가 농약 칠 때는 농약 줄을 잡아주는 사람이 필요했다. 나와 첫째 동생이 그 일을 도왔다. 그러면 아빠는 고맙다는 뜻으로 천 원을 손에 쥐여주었다. 새우깡 한 봉지가 백 원이었던 시절을 떠올리면 천 원은 큰돈이었다.

부모님은 동네에서 부지런하고 성실한 분이었다. 우리 집 일뿐 아니라 작은할아버지댁, 큰집, 옆집까지 틈만 나면 도왔다.

그래서였을까. 부모님을 흉보는 사람은 단 한 명도 없었다. 정직과 성실로 쌓아온 그 신뢰는 내가 어른이 되어 살아가는 데 든든한 뿌리가 되었다.

부지런함 덕분에 농사도 잘되었다. 아빠는 조금씩 땅을 사며 살림을 늘려갔다. 형편이 나아지자 엄마는 교육을 위해 대구로 이사를 왔다. 그 때가 중학교 2학년이었다.

하지만 전학 생활은 쉽지 않았다. 전학 온 학생이 많았던 학교에서 낯을 가리는 나는 점심시간이 가장 두려웠다. 처음에는 전학 온 친구들과 함께 다녔지만 각자 새 친구를 사귀며 혼자가 되었다.

수업 중에는 발표하는 것을 좋아했지만, 반 친구들은 그것을 잘난 척으로 받아들였다. 몇몇 아이들은 질투했고 어느 순간 왕따가 되어 있었다. 점점 말수가 줄었고, 학교는 재미없는 곳이 되어갔다.

친구가 없던 나는 남동생들을 따라 집 근처 오락실에서 '보글보글'이란 게임을 했다. 어느 날 낯익은 얼굴을 마주쳤는데, 우리 앞집에 사는 같은 반 정현이었다. 정현이 덕분에 반 친구 은숙이와도 알게 되어 친해졌다. 시험 기간이면 서로 집을 오가며 함께 공부했다.

중학교 졸업 후 은숙이와 나는 같은 인문계 여고를 가고 정현이는 실업계 야간을 갔다. 정현이는 아르바이트를 하며 학비를 벌었다. 정화여고에서 사무보조로 복사도 하고 잔심부름을 했다. 고등학교 학비며 용돈도 안 주는 정현이 엄마는 계모가 아닐까란 생각까지 들었다.

고등학교를 다니던 어느 날 정현이가 우리 집에 찾아왔다. 조심스럽게 꺼낸 말은 "학비가 없어서… 조금만 빌려줄 수 있겠니?"였다. 40만 원 가까운 돈이었다. 내가 대구로 이사 온 뒤부터 농협 통장을 만들어 저금하고 있는 것을 정현이는 알고 있었다. 내가 자랑을 했다. 그 당시 한 달 용돈 삼천 원 중 이천 원을 저축했고, 명절 용돈까지 모두 통장에 넣었다.

내가 가장 참기 어려웠던 것은 시장 앞 붕어빵이었다. 건널목을 건너면 2개에 100원. 늘 냄새는 좋았지만 '한 달 이천 원 저축' 목표 때문에 수없이 발길을 돌렸다. 그렇게 모은 돈이었다.

나에게 큰돈이었지만, 정현이의 표정을 보니 거절할 수 없었다. 부모님께 말씀드릴 용기도 없었다. 나의 마음속 갈등은 있었지만 결국 내 힘으로 모은 돈을 빌려주었다.

정현이는 약속을 지켰다. 그다음에도 한두 번 더 빌려주고 돌려받았다. 그 후 정현이는 무사히 졸업했다. 지금은 연락이 뜸해졌지만, 성실하게 살아내던 모습은 오래 기억에 남아 있다. '고등학생이 어디 가서 돈을 빌릴 데가 있었을까?' 정현이가 입을 열기까지 얼마나 자존심 상하고 힘들었을까.

나도 코로나 시기, 직장에서 친한 미애 언니에게 급전을 빌린 적이 있었다. 언니는 아무런 망설임 없이 300만 원을 빌려주었다. 빌려주기도 했고 빌려 보기도 했다.

돈의 크기보다 더 무거운 것은 손을 내미는 마음이라는 것을 알았다. 정현이를 보며 부모님의 사랑이 얼마나 깊었는지 일찍 깨달았다. 받은 사랑만큼 나누어주는 사람이 되고 싶다. 부모님은 내가 원하면 유학이라도 보내고 싶어 하시는 분들이었다.

성경 구절 중 "오른손이 하는 일을 왼손이 모르게 하라.", "값없이 주라."는 말씀을 좋아한다. 나도 모르게 부모님에게 배운 삶의 방식일 것이다. 누군가에게 선물하거나 도움을 줄 때 대가를 바라지 않는다.

돌아보면, 내 삶에 스며 있었던 사랑은 거창하지 않았다.

밥 한 숟가락을 나누고, 천 원을 쥐여주고, 말없이 손을 내밀어 주던 작은 일상의 사랑이었다. 그 사랑 덕분에 오늘 여기까지 올 수 있었다.

살아가며 당연한 것은 하나도 없었다. 값없이 주고 도움이 필요하면 먼저 손을 내밀던 부모님과 주변 사람들 덕분에 오늘의 내가 있었다.

누군가에게 기꺼이 사랑을 건네는 사람이 되고 싶다. 그 마음은 반드시 또 다른 사람의 삶을 살리는 힘이 된다.

나는 혼자가 아니었다

8

나에게 새 숨이 되어 왔다

이희정

"선생님!"

독서학원 민트색 문이 벌컥 열린다. 동시에 선생님하고 부르는 소리부터 나면 그 아이는 세리(가명)다.

초등학교 입학을 앞두고 학원에 왔던 아이가 어느새 3학년이다. 반짝이는 두 눈으로 학교에서 있었던 일을 조잘거린다. 물론 누구도 먼저 묻지 않았는데 말이다. "선생님, 저 오늘 굉장히 운이 없어요. 왜 그런 줄 아세요? 네?" 대부분의 이야기는 이렇게 시작된다.

문학 치료 강사로 성인 대상 문화 강좌를 해왔다. 아동 수업을 하기도 했지만, 성인 수업만큼의 몰입이나 즐거움은 느끼지 못했다. 그러던 중 우연한 기회에 독서학원 선생님 일을 임시로 맡게 되었다. 아이들을 가

르친 경험도 있었고, 문학치료가 그림책과 텍스트를 많이 활용하는 영역
이다 보니 제안을 받은 것 같았다.

아이들 가르치는 일은 어렵지 않았다. 그때 내 모습을 누가 보았다면
마치 물 만난 고기처럼 신나 보였을지도 모르겠다.

실은 인생의 두 번째 공부하며 나에게 '열등감'이라는 핵심감정이 있음
을 알았다. 그 감정을 채우기 위해 평생 끊임없이 애써왔다. 결혼 후에는
대상이 내 아이들에게로 바뀌어 온 마음을 쏟았다. 그만큼 반작용도 컸
다. 문학 치료를 통해 마음공부를 하면서 다행히 나와 아이들의 다친 마
음을 보살필 수 있었다.

그 덕분이었을까, 나는 독서학원에서 전천후가 되었다. 고학년에게는
어려운 비문학을 쉽게 설명해 주는 이야기 텔러(story-teller)가 되었다.
저학년에는 마음을 읽어주고, 들어주는 힐러(healer)가 되어갔다.

디지털 시대에 사는 아이들에게 책 읽기란 쉽지 않다. 빠르고 자극적
인 미디어 속에서 사는 아이들에게 느리고 오래 생각해야 하는 책은 답
답하고 심심한 존재다. 대부분 아이가 책을 좋아해서 온 것이 아니었다.
책 읽기 재미를 느끼지 못하고 글자 읽기를 하고 있었다. 돌아보면, 나도
책이 필요해서 읽었고, 덕분에 공부도 마음도 만날 수 있었다. 그 경험이
아이들을 이끌 수 있으리라는 믿음이 있었다. 아이들이 잘 따라오는 모
습을 보며 점점 자신감도 붙었고 더 즐거워졌다.

어느 날, 세리가 수업이 끝난 뒤 내 책상 앞에 서 있었다. 조잘대던 입이 잠시 멈추는가 싶더니 진지한 표정으로 말을 이었다.

"선생님, 저 진짜 속상했어요. 근데 이제 괜찮아요."

세리는 친구 생일파티에 초대받았지만 억울한 마음이 있었다. 자신의 생일은 챙김을 받지 못했기 때문이었다. 세리는 한부모 가정에서 자랐다. 자신은 생일선물을 받지 못했는데 친구 생일에 선물해야 한다는 사실과 자신은 생일파티를 못 했기 때문이었다. 그 이야기를 듣는 순간, 나의 어린 시절과 겹쳤다. 가게 일로 늘 바빴던 부모님. 생일파티는 꿈도 못 꾸었다. 친구 생일파티에 엄마가 급히 쥐여 준 포장도 안 된 선물이 창피했던 기억이 아직도 선명하다.

세리의 목소리는 작았지만 또렷했다. 반짝이는 까만 눈으로 씩 웃었다.

"그런데 선생님과 그림책 이야기를 나누면서… 저 이제 괜찮아졌어요."

그 말이 내 가슴에 머물렀다. 마음 한가운데 오래 닫혀 있던 창 하나가 열리는 느낌이었다.

묵은 공기가 빠져나가며 새 바람이 들어왔다. 내가 아이의 마음을 보듬고 있다고 생각했는데, 사실은 그 아이가 나를 어루만지고 있었다.

함께 본 타츠야의 『널 만나서 정말 다행이야』 책은 만남의 기적과 존재의 의미를 따뜻하게 전하는 그림책이다. 세리에게도 특별한 말보다 그림책과 이야기 나눈 시간이 더 큰 힘이 된 것 같다.

걸음 셋 받은 은혜를 돌려보낸다

차돌멩이처럼 동글고 속눈썹이 긴 희준이(가명)는 눈만 마주치면 웃는 아이다. 초등학교 3학년 때 만났고, 어느새 6학년이 되었다. 여전히 주근깨 가득한 얼굴로 "선생님…"부터 부르며 달려온다. 용건은 대개 같다. 책을 읽기 싫다는 것이다. 아이들의 책을 읽기 싫은 이유는 다양하다, 머리가 아파서, 친구와 다퉈서, 기분이 좋지 않아서, 배고파서, 배 아파서, 영어 또는 수학 숙제를 덜 해서 등 이유는 각양각색이다. 그 시절을 지나왔고 아이를 양육한 경험 덕분에 꾀병과 진짜 병을 구별할 수 있었다. 어쩔 수 없이 아이와 실랑이가 시작된다.

사실 희준이는 학원 자체에 대해 거부가 컸다. 독서도 학원으로 받아들였고, 결국 "죽고 싶다"라는 말까지 나왔다. 초등학교 3학년 때의 일이었다.

우리는 책을 읽고 많은 이야기를 했다. 독후 활동으로 글쓰기는 최소한으로 하고 희준이의 이야기를 많이 들어주었다. 궁금한 것이 많은 아이였다. 그 자리에서 책을 찾아보고, 새로운 호기심이 생기면 또 다른 책으로 이어갔다. 어른들의 세상일에도 관심이 많아 시사 단어는 설명 대신 함께 찾아보며 어느새 신문 읽기를 즐기는 아이가 되었다.

희준이가 4학년이었을 때였다.

"이거 선생님 하실래요? 애완 돌이에요."

자신의 주먹만 한 돌을 하나 들고 왔다. 초록 네임펜으로 머리카락과 눈코입이 그려진 차돌멩이였다. 별것 아닌 돌이었는데, 눈물이 날 것 같았다.

"나 주는 거야? 고마워. 근데 혼자는 외롭지 않을까?"

다음 날, 빨간 네임펜으로 얼굴을 그린 비슷한 크기의 돌을 하나 더 내밀었다.

"이제 안 외롭죠? 저거랑 크기 비슷한 돌 찾느라 진짜 오래 걸렸어요."

돌돌이와 맹돌이는 내 책상 위에 있다. 내게는 그 어떤 보석보다 귀한 존재다.

나는 아이들을 가르치며 그들의 마음을 어루만지고 있다고 생각했다. 오래전에 받았던 위로와 힘을 아이들에게 돌려주는 시간이라 여겼다.

하지만 사실은 그 아이들이 나의 오래된 상처들을 토닥이고, 다시 세상을 향해 숨 쉬게 해주고 있었다.

아이들이 문을 열며 "선생님!" 하고 부를 때마다 그것은 단순한 호칭이 아니었다.

그것은 나에게 새 숨을 건네주었다. 내가 붙잡고 싶은 건 책이 아니라, 사람이 아니었을까….

9

행동으로 보여준 사랑

전향연

마흔 살 무렵 어느 겨울이었다. 차가운 바람이 골목을 스치고 하늘은 이미 어둑해져 있었다. 친구가 운영하던 수입 물품 가게에 들렀을 때, 낯선 어르신 한 분이 눈에 들어왔다. 연세가 꽤 들어 보이는 남자 어르신은 얇은 파자마 차림으로 오들오들 떨며 두려움 가득한 얼굴로 상가 앞에 서 있었다. 그 순간 내 몸은 이미 그분을 향해 움직이고 있었다.

"어르신, 집이 어디세요? 혼자 나오셨어요?"

"길을 잃으셨어요?"

내 목소리는 조심스러웠지만, 마음은 다급했다. 어르신은 잠시 나를 바라보다가 단 한마디만 되풀이하셨다.

"내 아들이 복현동 의사 김만복이야."

그 말 외에는 다른 대답을 들을 수 없었다. 마치 그 문장 하나가 어르

나는 혼자가 아니었다

신이 붙들고 있는 전부인 것처럼 느껴졌다. 그때는 지금처럼 스마트폰이 없던 시절이었다. 나는 어르신을 모시고 따뜻한 가게 안으로 들어와 앉히고, 어르신이 말한 병원을 수소문했다.

"얇은 옷차림의 어르신이 집을 잃고 가게 앞에서 떨고 있어요. 입은 옷을 보니 동네 아파트에서 나와 길을 잃으셨나 봅니다. 경찰서에 신고할까? 잠시 망설이다가 어르신이 말씀하시는 아들 병원으로 먼저 전화를 해보았다. 복현동이라는 동네와 아들 이름을 정확히 말씀해 주셨으므로 찾기는 쉬운 것 같았다. 여보세요? 안녕하세요, 어르신이 '내 아들 김만복 의사야.'라고 하시는데 확인 좀 해주세요."

잠시 기다리라는 말과 함께 확인 후 병원에서 다른 사람을 보내겠다고 했다. 곧 가족에게 연락이 닿았고 얼마 지나지 않아 어르신은 가족의 품으로 돌아가셨다. 모든 일이 마무리되었다. 그날의 기억은 오래도록 내 마음에 남았다.

그날 이후 알게 되었다. 내 마음은 언제든 사랑을 내어줄 준비가 되어 있다는 것을.

누군가의 손길이 필요하다고 느껴질 때면 망설이지 않고 다가간다. 말로 설명하기 어려운 뿌듯함이 남는다. 누군가에게 조금이라도 도움이 되었다는 사실만으로도 내 하루는 따뜻해진다.

그래서 가끔 이렇게 말하곤 한다.

"너, 참 잘 살고 있구나."

"오늘도 잘했어."

그 한마디가 나를 부드럽게 다독이면서 단단하게 만들어 준다. 마음이 부자가 된다는 건 아마 이런 순간을 말하는 것이 아닐까 싶다.

돌이켜보면 이렇게 행동할 수 있었던 건 모두 시어머니에게서 배운 사랑 덕분이었다. 어머니는 말보다 행동으로 사랑을 보여주신 분이었다. 교회에서 중보기도 팀장을 맡아 사람들을 위해 기도하셨고, 누군가 어려움을 겪고 있다는 소식을 들으면 먼저 도움의 손길로 몸을 움직이신다.

특히 교회 전도회 일, 안나 기도 대장, 주방 봉사 팀장, 등 여러 일들을 맡으면서 솔선수범해 온 모습으로 교회 분들이 존경하는 어른은 가장 먼저 우리 시어머니를 꼽는다. 주일마다 교인들의 식사를 준비하며 정성을 다해 장을 보고 음식을 만들었다. 교회에서든 가정에서든 시어머니는 믿음으로 예수님의 가르침을 실천하신 분이다. 조용하지만 강했고, 말없이도 깊은 울림으로 사람들을 이끌었다. 선행이란 거창한 일이 아니라, 작은 실천에서 시작된다는 것을 시어머니는 삶으로 보여주었다.

이제는 하늘나라에 계시지만 시어머니의 사랑은 여전히 내 곁에 살아 있다. 아이 셋을 돌봐주시며 "걱정 말고 네가 하고 싶은 일을 해라"라고 말해주던 목소리가 그립다. 그 덕분에 직장과 가정의 일을 함께 이어올 수 있었다.

아이들이 아플 때면 밤새 곁을 지켜주고 내가 지쳐 있을 때면 따뜻한

국 한 그릇으로 마음을 달래주었다. 목을 많이 쓰는 직업이라며 배에 꿀을 넣어 푹 고아 주며 건강부터 챙기라고 말하던 모습이 아직도 생생하다. 시어머니는 우리 집의 등불과 같은 존재였다. 그 빛은 지금도 내 삶을 비추고 있다.

추운 날 떨고 있던 어르신에게 망설임 없이 다가갈 수 있었던 마음 역시 시어머니에게서 배운 것이었다. 그 가르침을 마음에 새기며 살아가고 있다. 세상은 참 할 일이 많은 곳이다. 그중에서도 누군가에게 따뜻한 손을 내미는 일은 가장 아름답고 값진 일이라고 생각한다. 그리고 그런 선행은 또 다른 선행을 낳는다. 마음이 부자가 되는 길은 그렇게 이어진다.

사랑은 특별한 사람이 하는 일이 아니다. 누군가를 외면하지 않고, 한 걸음 다가가는 마음에서 시작된다. 그 작은 마음이 이어질 때 우리는 결코 혼자가 아니다.

혼자에서 서로가 되는 순간 셋

독자 참여형 체크 리스트 ✔ 또는 ○로 표시하며, 짧은 메모 한 줄을 적어보세요.

정답은 없습니다. 완성된 글이 아니어도 괜찮습니다. 문득 떠오른 얼굴, 장면 하나면 충분합니다.

빈칸을 채우는 시간이 지금의 여러분을 만나는 소중한 경험이 되길 바랍니다.

□ 체크 문장

"받은 은혜를 돌려 보낸다"에서 지금의 나를 돌아보는 인식

✍ 메모

그 인식이 생긴 구체적 장면 하나

□ 도움을 준 뒤, 보답을 기대하지 않으려 노력한 적이 있다.

✍ 메모 그 마음을 지키기 어려웠던 이유는 무엇이었나요?

☐ 받은 은혜를 나만의 방식으로 전한 적이 있다.

✍ 메모   나는 어떤 방식으로 이어갔나요?

☐ 고마움을 빚처럼 여기지 않으려 마음을 다잡아 본 적이 있다.

✍ 메모   그때 스스로에게 해주고 싶었던 말은?

우리가 서로의 기적이 된다

기적은 멀리 있지 않다.

오늘을 포기하지 않게 만든 한 사람,

떠나지 않고 곁에 있었던 마음속에 있다.

"삶은 겉보기에는 혼자 버티는 것처럼 보이지만

사실은 보이지 않는 수많은 손길이

우리를 지탱해 준다."

"기적은 일어나는 것이 아니라 발견되는 것이다."

— 엘리자베스 길버트

1

믿어준다는 것

김묘경

스물세 살, 다섯 살 연상인 남편과 결혼했다. 시댁에 첫인사를 가던 날이었다. 우리 집에서 늘 찬밥 신세였는데 그날은 달랐다. 시어머니가 나를 위해 음식도 준비해 주었고 부엌엔 얼씬도 못 하게 하였다.

"앞으로 부엌에 들 일이 늘겠구먼 오늘은 편히 앉아서 맛나게 먹어요."

정성스럽게 차려진 상 앞에 앉아 대접받는 일이 낯설었다.

우리는 신혼집이 아니라 신혼 방에서 결혼 생활을 시작했다. 공무원이었던 아버님이 안동으로 발령을 받아 두 분은 직원 아파트에서 거주하고 있었다. 어머님의 살림살이 그대로 남편이 사용했던 방에 장롱과 TV만 들여놓고 살았다.

또래보다 어른들이 더 편한 나였지만 처음엔 시댁 동네 어른들이 낯설었다.

어느 날부터인가 골목에서 어른들이 먼저 인사를 건넸다.

"시어른들께 잘한다며?"

"어머님이 며느리 자랑을 참 많이 하셔."

쑥스러워 고개만 숙였다. 차츰 인사도 웃으면서 하고 한 분 한 분의 안부도 묻게 되었다.

사실 나는 먼저 다가가는 데 서툰 사람이었다.

어머님은 늘 내 앞에서 먼저 마음을 열어주었다. 내가 없는 자리에서도 며느리 이야기를 꺼내 주었고, 그 마음이 동네 어른들의 인사로 돌아왔다.

누구보다 열심히 살았다. 출산 후 복직을 준비하면서 어머님께 도움을 요청했다. 아이를 믿고 맡길 수 있는 가장 든든한 사람이었고 흔쾌히 도와주겠다고 하였다.

손주를 돌본다는 일이 어머님께 얼마나 힘든지 처음엔 미처 몰랐다. 나는 은행에서 숫자와 사람 사이를 정신없이 오가며 하루를 보내고 퇴근과 동시에 시댁으로 달려갔다.

지치고 힘들어서 낮 시간 동안 어머님은 얼마나 긴 하루를 버텨내고 있는지 제대로 보지 못했다.

어머님은 늦은 퇴근길에도 "아기는 엄마 품에서 자야 한다."라며 아이를 꼭 데려가게 하였다.

남편의 퇴근이 늦은 날이면 지친 몸으로 아이를 품에 안고 양손 가득
짐을 든 채 버스에 올라야 했다.

어머님도 지쳐 있었고 나 역시 힘들었다. 우리는 서로 말을 아끼기 시
작했다. 아끼는 만큼 마음이 멀어졌다. 서로의 침묵 속에는 서운함이 자
라고 있었다.

어쩌면 육아보다 더 힘들었던 것은 어머님을 향한 마음이 서서히 멀어
지고 있다는 불안이었다.

그러던 어느 날, 어머님께서 나를 조용히 불렀다.

"애야, 나도 시어머니 자리는 처음이라…. 마음처럼 쉽지가 않구나."

그 한마디에 어른의 진심이 담겨 있었다.

어머님은 50대 후반의 몸으로 하루 종일 손자를 돌보는 일이 생각보다
버겁다며 조심스레 말했다.

그 말을 듣는 순간 아무 말도 할 수 없어 눈물만 흘렸다.

그날 이후, 마음의 벽은 조금씩 무너졌다. 서로를 이해하려는 시간이
되었다.

퇴근 후 단월드에 다녔다. 명상과 호흡, 기공을 중심으로 하는 수련은
몸과 마음을 함께 돌보는 시간을 갖게 하였다. 마침 생활체육으로 두류
공원에서 무료로 운영되는 수련장이 있다고 하여 시부모님께 소개했다.
아버님은 사이비라며 호통을 치셨지만 어머님은 말없이 현관에서 신발

끈을 고쳐 매었다.

"난 말이다. 네 말이라면 팥으로 메주를 만든다 해도 믿는다."

그 말은 오래 내 마음에 남았다.

어머님이 담낭암 말기로 자연치유 센터 '차가원'에 머무시던 때였다. 나는 남편의 사업을 돕고 있어 오랜 시간 곁을 지킬 수는 없었다. 그럼에도 불구하고 며칠 짬을 내어 어머님과 단둘이 차가원에서 보낸 시간은 내 삶에서 가장 소중한 순간으로 남아 있다.

나는 하루 스물네 시간 내내 어머님의 숨결과 작은 몸짓 하나하나에 귀를 기울였다. 지병으로 마음까지 가라앉으실까 봐 일부러 수다스럽게 웃으며 이야기를 건넸고, 통증에 지치실까 봐 손을 멈추지 않고 팔과 다리를 어루만졌다. 음식을 드시면 곧바로 토하셨기에, 소주잔 한 잔 분량을 한 시간에 걸쳐 조금씩 드시게 했다.

"미안타…. 내가 이런 꼴을 보여서. 백 명이 온다 캐도 너만 하겠나. 너밖에 없다."

배변을 하지 못하는 어머님께 관장을 해드리며 서로 들키지 않으려 애쓴 채 각자의 눈물을 삼켰다. 남편과 교대하는 날, 마지막으로 어머님을 모시고 차가원 앞마당을 산책했다. 철쭉이 활짝 핀 돌계단에서 우리는 애써 웃으며 사진도 남겼다.

며칠 뒤, 깜깜한 사무실에서 자정이 넘도록 혼자 다음 날 행사를 준비하며 야근을 하고 있을 때였다.

전화벨이 울리는 순간, 가슴이 철렁 내려앉았다.

전화기 너머로 남편의 낮고 조용한 목소리가 들려왔다. "내일 어머니 모시고 대구 가야겠어."

나는 그 자리에서 소리 내어 하염없이 울었다.

마음을 베푸는 법을 몸으로 가르쳐 주신 어머님.

나는 그 마음을 받기만 했지, 살아 계실 때 충분히 돌려드리지 못했다. 형편이 넉넉지 않아 해드릴 수 있는 것은 많지 않았고, 마음속 미안함은 오래 남았다.

어머님이 돌아가신 뒤 남편의 사업은 조금씩 자리를 잡았다. 사람들은 "어머님이 도와주시는 것 같다."고 말했다. 그 말이 위로처럼 가슴에 내려앉았다.

예전의 나는 눈치를 보며 살았고, 잘하려 애쓰면서도 스스로를 쉽게 믿지 못했다. 이제는 누군가를 재촉하기보다 조금 더 기다리고, 의심하기보다 한 번 더 믿어보려 한다. 어머님이 내게 그랬던 것처럼.

돌이켜보면, 어머님은 내 삶에서 가장 힘든 시절을 함께 건너준 사람이었다. 넘어지지 않게 붙잡아 준 손, 포기하지 않게 곁에 남아 준 마음. 그것이 내가 받은 기적이었다.

기적은 멀리 있지 않다. 누군가의 오늘을 포기하지 않게 만드는 마음, 떠나지 않고 곁에 머무는 믿음 속에 있다. 우리는 그렇게, 서로의 기적이 된다.

나는 혼자가 아니었다

2

시간을 지키는 기적

김혜련

　'이한영 차 문화원'을 들어서자 향기로운 차 내음이 공간을 가득 채웠다. 안내를 받아 차실에 자리를 잡았다. 그녀의 말투는 조용했지만 단단했다.

　"이 차는 고조할아버지께서 처음 만들던 방식을 그대로 이어오고 있습니다."

　눈빛에는 자부심과 책임감이 깃들어 있었다.

　"백운옥판차(白雲玉版茶)를 지켜내는 일은 결코 쉽지 않았어요. 대기업과 브랜드 분쟁도 있었고, '전통 차'라는 이름으로는 시장에서 설 자리가 좁았지요. 하지만 포기할 수 없었어요. 이건 한 가문의 일이기 전에 우리 차 문화의 뿌리니까요."

　차 한 잎을 지키려는 마음과 하나의 브랜드를 넘어 시대의 정신이 스

173

걸음 넷 우리가 서로의 기적이 된다

며 있는 이야기였다.

그녀의 단아한 태도와 고요한 음성 속에서 전통을 지켜내려는 믿음을 보았다.

일제강점기 시절, 일본 차가 국내 시장을 장악해 가는 가운데 우리 전통 차 문화를 지키려는 움직임이 있었다. 백운옥판차 브랜드는 이 시기에 등장했다. 한국 최초로 상표화된 전통차 브랜드 중 하나로 후손들이 지켜내기 위한 노력의 결과였다.

전라남도 강진군 성전면 월하리 일대는 정약용 선생이 유배 중 머물렀던 지역으로도 알려져 있다. 그 지역에서 차밭과 차 문화가 이어져 왔다.

빠르게 변하는 세상 속에서도, 자신이 지켜야 할 가치를 이어가는 사람들이 있다.

그들의 이야기는 우리에게 '지속 가능성'의 이유를 알려주었다. 전남 강진의 백운옥판차를 지켜온 이한영 가문의 후손과 만남은 손끝에 이어진 시간의 향기였다.

그녀가 내어준 백운옥판차를 마셨다. 한 모금 머금는 순간, 산의 고요함이 입안 가득 번졌다.

문화원 앞마당으로 나왔다. 뒤편 월출산 천왕봉은 말없이 모든 것을 내려다보고 있었다. 그 품 안에는 세월을 견딘 차밭과 찻집 앞 월남사의 풍경 소리가 은은히 퍼지고 있었다.

문득 생각했다.

'지킨다는 것은 무엇일까?'

그것은 단지 물건을 보존하는 일이 아니라 정신을 잃지 않는 일, 사람의 온기를 잇는 일이었다.

전통은 그렇게 이어지고 있었다.

백운옥판차의 향 속에는 사람의 인내와 세월의 기다림과 사랑이 있었다. 그녀의 조용한 말과 손끝의 움직임 속에서 '기적'의 다른 이름을 보았다. 기적이란 특별한 일이 아니라, 자신의 자리를 묵묵히 지켜내는 일이라는 것을.

우리가 서로의 기적이 된다는 것은 결국 각자의 삶에서 자신이 맡은 몫을 다하는 일이다. 누군가는 차 한 잎으로, 누군가는 말 한마디로 세상을 조금 더 따뜻하게 만든다. 그녀가 지킨 전통의 향기는 그저 한 가문의 이야기가 아니었다. 그것은 우리가 잊지 말아야 할 정신, '지속'이라는 이름의 사랑이었다.

"지킨다는 것은 멈추는 것이 아니라, 마음의 방향을 잃지 않는 일이다."

전통을 이어가는 한 사람의 노력에서 삶의 진정한 품격을 느꼈다. 내가 지켜야 할 '나만의 뿌리'는 무엇인지 돌아보게 되었다. 빠르게 변화하는 세상 속에서도 지속하는 힘이 결국 변화를 만든다.

차(茶)는 언제, 어떤 잎을 따느냐에 따라 이름이 달라진다. 그 이름 속에는 단순한 맛과 향만이 아니라, 시간과 마음의 철학이 깃들어 있다.

봄의 첫 숨결을 머금은 어린 찻잎은 '우전(雨前)'이라 불리고, 참새의 혀처럼 어린 새순은 '작설차(雀舌茶)'라 한다. 그다음 시기에는 '세작(細雀)', 그리고 더 자란 잎은 '중작(中雀)'이 된다.

잎이 자랄수록 향은 깊어지지만, 처음의 여린 감촉은 사라진다. 찻잎 하나에도 인생의 질서가 숨어 있다. 이한영 선생의 후손이 들려준 이야기는 차를 우리는 일은 시간을 우려내는 일이었다.

물의 온도와 마음의 온도가 맞아야 향이 깨어난다. 너무 급하면 떫고, 너무 늦으면 향이 사라진다.

그 적당한 온기를 찾아가는 과정이 곧 삶의 자세와 닮았다.

우전의 순함, 작설의 섬세함, 세작의 묵직함은 사람의 인생에 빗댈 수 있는 시간의 얼굴이다.

처음에는 여리고 맑지만, 세월을 겪으며 향은 깊어지고 맛은 부드러워진다.

사람도 그렇게 익어가면 좋겠다.

인생은 여러 번의 바람과 햇살, 때로는 비와 그늘을 지나며 비로소 온전한 향을 품게 된다. 그 향은 다른 이에게 건네질 때 비로소 완성된다. 차가 혼자일 때는 그저 잎이지만, 함께 나눌 때 사랑이 된다.

한 잎의 정성이 모여 한 잔의 차가 되듯, 사람의 삶도 누군가의 손길과 기다림 속에서 익어간다.

176

누군가는 잎을 따고, 누군가는 불을 지피고, 또 누군가는 그 향을 나눈다.

순환의 고리 안에서 우리는 서로의 기적이 된다. 차 한 잔의 향기 속에는 사람이 있고, 그 사람 안에는 또 다른 사랑이 있다. 차는 결국 마음을 닮은 언어다. 우리가 서로의 향이 되어 살아가는 것, 그것이 바로 '기적'이라는 이름의 삶 아닐까.

차 한 잎에도 인생의 시간이 담겨 있다. 우리는 서로의 향이 되고 기적이 된다.

오늘 내가 하는 작은 일 하나가 마음에 닿아 기적이 되기를 바란다. 그 믿음을 잃지 않는다면, 우리는 이미 서로의 기적이다. 기적이 된다는 건, 한 사람의 시간을 이해하고 그 곁을 함께 지켜주는 일이다.

3

사랑은 사라지지 않는다

박경애

12월 중순, 아버지 생일이었다. 토요일 오후, 대구에서 생일 파티하려고 부모님 모시고 왔다.

저녁은 서울에서 내려온 남동생 식구들과 아버지가 좋아하는 막창을 먹었다. 막내 제부가 올해 오픈한 '역전할머니맥주'에서 잠시 시간을 보낸 뒤, 부모님과 남동생 식구는 우리 집으로 왔다. 피곤해서 바로 잤다. 하루가 길었을 텐데도 부모님 얼굴은 편안해 보였다. 아버지 생일 이유로 모였지만, 사실은 서로의 안부를 확인한 날이었다. 이제는 특별한 말보다, 이렇게 함께 있는 시간이 더 큰 선물이 된다.

다음날 대곡에 있는 '수목원생활온천'에 들러 피로를 풀었다. 일식집에는 두 여동생 식구까지 모여 코스요리를 먹었다. 아버지는 "온천 잘해 놓았더라. 요리도 맛있고 너무 고맙다. 우리가 돈을 준비해 왔는데 너희들

나는 혼자가 아니었다

돈 쓰게 해서 마음이 불편하다.”라고 하였다.

무언가를 받으면, 부모님은 먼저 미안해했다. 우리는 자식으로서 함께 시간을 보내고 싶었을 뿐인데 그 시간마저 빚처럼 여기셨다.

부모님의 삶을 생각하면 가슴이 먹먹해진다. 부모님에게는 '나'라는 것이 없다. 오직 자식뿐이었다. 4남매를 키우기 위해 새벽부터 늦은 밤까지 일하였다. 농사든 품팔이든 가리지 않고 몸을 아끼지 않았다.

올해 여든넷이 된 아버지는 성실함이란 단어가 사람으로 태어난 것처럼 평생을 묵묵하고 꾸준하게 살아오신 분이다. 지금은 지팡이에 의지해 걸으시면서도 농사를 지으신다. 논에 잡초 하나 그냥 두지 못해 한 손에는 지팡이 쥐고 다른 한 손으로 부지런히 잡초를 뽑으신다.

“일을 하지 않으면 늙게 된다.” 고맙고도 안쓰러운 그 마음에 혹여 넘어지실까 걱정이 앞선다. 오래도록 지금처럼만 건강하시길 바랄 뿐이다. 그게 요즘 나의 간절한 소망이다.

우리가 잘못을 해도 아버지는 한 번도 “못했다. 틀렸다.”고 꾸짖지 않으셨다. 늘 믿어주고 조용히 지켜보는 분이었다.

월요일은 다리 아픈 엄마가 주기적으로 진료받는 병원에 다녀왔다. 엄마는 짐을 준비하며 퇴근한 나에게 말하였다. “내일 우리는 갈 꺼다. 걱정하지 말고 출근해라, 버스 타고 청송 간다.” 분명, 모셔드린다면 거절할 것이기에 아무 말 없이 잤다.

아침 6시에 일어났다.

청송까지 왕복 두 시간 삼십 분이면 된다. 1시간 늦다고 회사에 연락했다. 동부버스터미널까지 모셔드린다고 차에 타라고 했다. 부모님을 편하게 모시고 싶었다. 고속도로를 달리자 아버지는 여기가 어디냐고 큰소리를 내었다. 아무 말 하지 않았다. 두세 번 반복하며 차를 세우라고 했다. 나는 화를 냈다. 영천을 지날 즈음에는 여기 내려주면 구경 좀 하고 집에 가겠다고 하였다. 마지막에는 나도 모르게 소리를 질렀다.

"다시는 안 태워 드릴 거예요."

그제야 차 안이 조용해졌다. 우리는 싸우는 소리 같은 대화를 주고받으며 부모님 댁에 도착했다.

사무실로 출근하는 길, 전화가 왔다. 내가 벗어 놓은 옷 주머니에 기름값을 넣어 두었다고 했다. 언제 넣었는지 알 수 없었다. 차로 태워 드리겠다고 하면 고맙다고 하고 편하게 타면 될 텐데, 아버지는 늘 미안해한다. 먼 길 혼자 돌아가는 딸을 걱정하며, 시골에 오지 말라고 하였다. 집에 도착하기 전까지 걱정된다고 했다.

부모님은 언제나 그렇다. 자식에게 짐이 되지 않으려 애쓰고, 받는 순간에도 먼저 주려고 한다.

어머니는 남을 먼저 위하는 분이다. 마을에서 경로당과 게이트볼 회장을 맡아 봉사활동을 하고, 농사일을 도맡아 하신다. 지역아동센터 아이

나는 혼자가 아니었다

들 밥까지 해준다. 몸이 하나뿐인 것이 늘 아쉬운 분이다. 사람들에게 인정받고, 사람들이 찾아온다. 올해는 제3회 청송 군수배 파크골프대회에 출전해 70명 중 3등을 했다. 트로피도 하나 안고 오셨다.

매년 아버지 형제들에게 김장을 해서 보낸다. 올해도 어김없었다. 아버지는 형제들과 자식들에게 줄 김장을 위해 배추 농사와 고추 농사에 정성을 쏟는다. 올해는 비가 오지 않아 배추가 타들어 갔다. 아침저녁으로 물을 주었다. 뜨거운 여름, 고추 수확은 늘 힘들다. 그래도 아버지는 힘들다는 말 대신, 형제들과 자식들에게 나눠줄 김장을 떠올리며 행복해한다.

어머니와 아버지는 받는 것보다 주는 쪽에 더 익숙하다. 몸은 고단해도 마음은 늘 누군가에게 가 있다.

그런 부모님을 보며 자란 나는, 남을 돕는 일을 특별하게 배운 적이 없다.

그저 그렇게 살아왔다. 누군가에게 받는 것보다 주는 것이 더 편했고 힘든 일을 보면 모른 척 지나치지 못했다.

부모님이 보여주신 삶 덕분에 나 역시 하늘나라 먼저 간 남편 없이도 내 딸을 품에 안고 꿋꿋하게 키워낼 수 있었던 것 같다.

불평하지 않고 삶의 고단함을 묵묵히 견디는 법을 그들에게서 배웠다. 힘든 순간마다 누군가를 원망하기보다 내가 할 수 있는 몫을 먼저 돌아

걸음 넷 우리가 서로의 기적이 된다

보게 된 것도 그 덕분이다. 돌아보면 우리는 모두 누군가에게서 건네받은 마음 위에서 살아간다.

부모가 자식에게, 자식이 또 다음 세대에게 말 한마디, 손길 하나, 묵묵한 뒷모습 하나면 충분하다.

기적은 멀리 있지 않다. 우리가 서로를 향해 내어준 그 마음속에 있다. 누군가의 삶을 조용히 지탱해 주는 존재가 되는 것, 그 자체로 우리는 이미 서로의 기적이 되고 있다.

나는 혼자가 아니었다

4

기적은 늘 옆자리에 있다

박명애

결혼 후 이듬해 첫아이를 임신하였다. 온 가족의 축하와 격려 속에서 새로운 삶의 시작을 알렸다. 엄마가 된다는 책임감과 두근거리고 설레는 기쁨은 이루 말할 수 없었다. 그러나 임신초기부터 입덧이 심하게 찾아왔다. 냄새에 민감해지며 구역질과 토하기를 반복하며 하루하루를 이겨내야 했다.

부른 배를 감싸안고 약 50분이나 걸리는 복잡한 버스를 타고 아침 출근을 했다. 원감 겸 담임을 맡아 아이들과 지도하는 일은 보람 있었지만, 퇴근 무렵의 몸은 만신창이가 되었고 다리도 퉁퉁 부어올랐다. 만삭이 가까워질수록 몸을 가누기가 점점 힘들어졌다. 그러던 어느 날 교무실에서 일어서려는 순간 앉았던 자리가 빨간 피로 축축해져 있었다. 하혈이었다. 순간 머릿속에는 아이를 지켜야 한다는 생각뿐이었다. 당황스러웠지만 정신을 다잡고 동료 교사의 도움을 받아 산부인과로 향했다. 다행히 의사 선생님은 큰 문제가 없다고 하시며 다만 반드시 누워서 쉬어야 한다고 당부했다. 놀란 가슴을 쓸어내리며 안도의 숨을 내쉬었다. 남편은 지방 외근 중이라 한 참 뒤에야 달려와 미안함과 고마움을 전했다. 그 마음 충분히 알기에 괜히 눈물이 핑 돌았다.

기적을 안겨준 감사의 눈물이었다.

출산의 날은 어느새 다가왔다. 유치원 근무를 마치고 집에 돌아온 지 얼마 되지 않아 병원으로 향했다. 마음이 점점 불안하였다. 임신 중 겪었던 어려움이 떠올라 아이가 건강하게 태어나기만을 간절히 기도했다. 분만실로 들어서자 남편과 시어머님 그리고 친정엄마까지 옆에서 큰 위로와 응원을 보내주었다. 분만 시간이 얼마나 흘렀는지 기억조차 없다. 정신이 아찔해지고 거의 실신 상태에서 결국 자연분만을 하자 못하고 제왕절개를 하게 되었다.

긴 시간 끝에 태어난 아이는 황달로 인해 인큐베이터에서 일주일을 보내야 했다.

첫아이와의 만남은 그렇게 일주일 후에야 이루어졌다. 품에 안은 순간 아이에게 너무나 미안했고 동시에 고마웠다.

잘 버티고 견뎌준 엄마와의 교감이 또 한번 기적을 안겨주었다. 그렇게 태어난 첫아들은 나와 남편 시어머님 함께 온정성을 쏟아 키웠다. 지금은 건강하고 멋진 청년으로 성장했다.

가족이 서로의 기적이 되었다.

단순히 함께 살아가는 사람들이 아니라, 서로의 삶을 지탱할 수 있게 위로를 주는 가장 큰 언덕이다. 아이가 태어나는 순간 부모는 새로운 책임과 사랑을 배우고, 부모의 헌신 속에서 아이는 세상을 살아갈 힘을 얻는다.

엄마의 눈물은 아이에게 용기가 되었다.

아버지의 미안함은 더 깊은 사랑으로 변하며

할머니의 따뜻한 손길은 삶의 버팀목이 된다.

한 생명이 태어나는 것은 고귀한 기적이 아닐 수 없다. 잉태하는 순간부터 엄마와의 교감은 끊임없이 이어졌다. 엄마의 목소리로 동화를 들려주었다. 행복하고 밝은 동화 지혜로운 이솝이야기도 자주 읽어주었다. 바흐의 〈G선상의 아리아〉, 비발디의 사계 〈봄〉 같은 클래식 음악을 들려주며 아이의 마음을 맑게 했다. 공간도 환경도 밝고 좋은 것들로 채우려 노력했다.

하나의 점을 어떻게 어디로 그려갈 것인지는 부모가 준비하는 아이의 삶의 시작점을 준비하는 것이다. 그렇게 하려면 보는 관점과 생각에 따라 태어나는 순간부터 정서적, 물리적 환경은 아이에게 큰 영향을 준다. 그중에서도 가장 중요한 것은 엄마와 아빠의 마음이다. 엄마의 밝은 마음, 가족의 행복한 마음이 아이에게 맑고 건강한 물을 마시게 하는 것과 같다.

이렇게 기적은 특별한 것이 아니다.

평범하게 살아가는 가운데 주어지는 삶의 아름다움,

부모가 함께 나뉘는 행복한 언어들,

산책길에 핀 꽃을 보고 감상할 줄 아는 마음,

배려를 받았을 때 감사함을 표현할 줄 아는 태도,

도움이 필요한 사람을 볼 때 손을 내밀 줄 아는 넉넉함.

이런 세심한 배려와 사랑이 조각조각 퍼즐처럼 모여 작은 일상들이 아이가 성장하는데 큰 밑거름 되어 감사와 기적을 안겨준다.

하혈을 했던 순간, 오랜 시간 분만 끝에 제왕절개로 얻은 아픔, 그리고 그 속에서 태어난 첫아들의 탄생은 축복이었으며 희망의 아픔이었다. 아들을 키우면서 더 큰 보람과 행복으로 이어졌다. 나의 세월이 비껴가지 않을 때 오는 피곤함이 있을 때, 이제 청년으로 성장한 아들은 그럴 때마다 따뜻한 말로, 위로로, 채워주며 한 겹씩 사랑으로 보이지 않게 선물해주는 듯하다. 나를 비롯한 가족 모두가 아들에게 건넨 소중한 사랑이 더 활기차게 맴돌아 온몸에 활력을 가득 불어넣어 준다.

    농부가 농사를 지을 때 밤낮으로 보살핀다. 채우는 과정에서 얻는 수확의 기쁨도 맛본다. 기적 또한 살아온 만큼의 감동을 주는 일들이 다 기적이 아니었을까? 싶다. 어떤 어려움에서 해결되었을 때, 자녀가 입학하고 졸업할 때, 평범한 하루하루에서 일어나는 가족의 건강함과 안전, 함께 식탁에서 따뜻한 밥을 먹을 때의 온기, 어느 순간 예상치 못한 일들이 다가올 때 극복해 나가는 기적도 타임캡슐 우체통에 배달하듯 차곡차곡 채워가고 있다.

    기적은 농부처럼 늘 가까이서 부지런히 움직인다. 다만 갖고 있는 것들이 너무 많아 느끼지 못할 뿐이다.

5

엄마의 기도 나의 믿음

박영희

해마다 수능 시험일이면 어김없이 찬 바람이 몰아쳤다. 그날은 늘 유난히 추웠다. 매서운 한파가 찾아오면 수험생들은 떨고, 부모들은 긴장으로 손끝이 얼었다. 계절이 오는 것처럼, 올해도 수능의 계절은 어김없이 찾아왔다. 그 모습을 볼 때마다 내 젊은 날, '학력고사'라는 이름으로 불리던 그 시절의 시험 날이 문득 떠오른다.

그날 아침, 우리 집에는 금기 음식이 있었다. 오뎅은 '댕그랑' 떨어진다며 안 되고, 미역국은 미끄러진다며 안 되고, 달걀은 깨진다며 절대 안 되었다. 죽은 '죽 쓰다.'라는 말이 불길하다며 금지였고, 기름에 튀긴 음식은 미끄러워 안 된다고 했다. 대신 두부는 '붙는다'라고 하는 어휘에 유일하게 허락된 음식이었다.

엄마에게는 나름의 원칙이 있었고, 그 원칙은 마치 불문율처럼 우리 가족에게 내려졌다.

"아침에 문지방 밟지 마라. 재수 없다."

"아침에 꿈 이야기는 절대 하지 마라."

"새해 첫걸음에 여자가 먼저 들어서면 안 된다."

엄마의 그 말들 속에는 불안과 걱정이 녹아 있었다. 어린 나는 그저 '엄마가 또 시작이다'라고 웃어넘기기도, 짜증스럽게 인상을 찌푸리기도 했다. 세월이 흐른 지금 돌이켜보면 그 모든 징크스는 우리를 향한 엄마의 간절한 기도이자 사랑의 언어였다.

엄마는 늘 불안이 앞서는 분이었다. 그 불안이 우리 가족을 지키는 기도로 바뀌어, 새벽마다 부처님 앞에서 합장하셨다.

"우리 식구들, 다 건강하게 해주시고, 하는 일마다 잘 되게 해주세요."

엄마는 주소와 이름, 생년월일까지 정확히 외우며 한 사람 한 사람의 안녕을 빌었다. 하루도 빠지지 않은 그 기도 덕분에, 어쩌면 우리 가족이 지금 이만큼 평온하게 살아가는지도 모르겠다.

그런 엄마의 영향력은 나에게도 고스란히 이어졌다. 딸이 어느 날 시험을 앞두고 "엄마, 속 편하게 죽 좀 끓여줘."라고 말했을 때, 나도 모르게 잠시 망설였다. 문득 엄마의 얼굴이 떠오르며 "죽은 시험 치는 날은 안

189

된다." 하는 말이 머리를 스쳤기 때문이다. 딸이 "그럼 아무것도 못 먹겠네!" 하며 투덜거릴 때, 나는 웃으면서도 마음 한편이 찌릿하게 저렸다. 세월이 흘러도 어머니의 신념은 이렇게 나를 통해 또 이어지고 있었다.

　나는 신의 존재에 대해 깊이 고민해 본 적은 없다. 다만 어릴 적부터 엄마가 믿었던 그 믿음을 자연스레 따라 했다. 함께 절에 다니며, 향냄새와 목탁 소리에 익숙해졌고, 조용하고 고즈넉한 산사의 부처님 앞에서 두 손을 모으며 나도 모르게 평온함과 안도감을 느꼈다.

　그런데 생각해 보면, 내 믿음의 뿌리는 한 곳만은 아니었다. 아주 어렸을 적, 크리스마스 때 교회에서 '동방박사' 역할로 성극을 했던 기억이 있다. 그때는 교회에 가면 좋은 선생님들이 있었고, 카스테라 빵을 주었기 때문에 신이 나서 다녔다.

　조금 더 자라 중학생이 되었을 때는, 하얀 미사보를 쓴 소녀들이 너무 예뻐 보여 성당에 다닌 적도 있었다. 사춘기의 감수성 속에서 성당 마당에서 친구들과 웃고 떠들던 기억이 아직도 어렴풋하다.

　그렇게 다양한 종교의 문을 드나들었지만, 결국 나는 다시 엄마를 따라 부처님께로 돌아왔다.

　부처님의 가르침 속에는 엄마의 인생이 있었고, 나의 삶도 그 길 위에 있었다. 엄마처럼 매일 새벽 기도를 올리지는 못하지만, 마음이 흔들

나는 혼자가 아니었다

리고 힘든 일이 생길 때면 부처님에게 간절하게 염원의 기도를 올렸다. 부처님의 손길이 나를 편안히 해줄 것이라는 깊은 신뢰가 강력하게 내 마음의 주인 노릇을 한다.

기적을 바라지는 않지만, 열심히 살아가고 있는 그 자체가 기적이다. 자식을 향한 엄마의 믿음은 우리에게 기적 같은 일이 생길 거라는 확신을 심어준다. 안 되는 일이 있거나 중요한 일에는 엄마에게 전한다. ○월 ○일 시험이니 함께 기도해달라고 우리 남매들은 그렇게 엄마에게 주문한다. 기적이 일어나지 않지만 애틋한 염원이기 때문이다.

살아가며 우리는 수많은 위로를 찾는다. 어떤 이는 신에게서, 어떤 이는 사람에게서 위로를 얻는다.

나는 아마도 부모님께 받은 사랑이 곧 신의 사랑이었음을 이제야 안다. 보이지 않지만 늘 나를 감싸고 있던 그 힘이 바로 신의 손길이었다.

종교라는 이름의 믿음이 아니더라도, 누군가를 향한 진심 어린 기도와 사랑이야말로 가장 강력한 믿음이 아닐까.

오늘도 나는 그렇게 생각한다.

내 마음이 곧 부처이고, 나의 신념이 바로 나의 믿음이다.

그리고 그 믿음의 근원에는 언제나 엄마의 간절한 기도가 있었다.

6

기적적인 긍정적 순환

이가경

"뭐? 42억 통장과 도장을 가지고 왔다고?"

커피의 여운이 채 가시지 않은 평범한 일요일 아침. 어김없이 예배를 드리기 위해 온라인 방송을 켰다. 코로나로 인해 예배당에 갈 수 없었던 기간, 그날은 분당우리교회 이찬수 목사님의 설교를 듣고 싶었다. 말씀에 집중하려 마음을 모으는 찰나 목사님의 이야기가 내 귀를 강하게 사로잡았다.

한 권사님이 42억 원이 든 통장과 도장을 목사님께 맡겼다. 그 돈을 선한 일에 써달라고 말하였다는 것이다. 목사님은 평생의 수고가 담긴 그 돈을 차마 받을 수 없었다고 했다. 하지만 실랑이 끝에 결국 그 권사님의 마음과 헌신을 받아들였다는 고백을 전하였다.

나는 혼자가 아니었다

내 안에서 놀람과 감탄, 믿기 어려운 경외감이 차오르며 머리끝이 찌릿해졌다. 나의 소유라 생각하며 손에 움켜쥐고 있던 것을 내려놓는 일. 그리고 삶을 헌신한다는 것이 얼마나 어렵고 순전한지 알기에 그 이야기는 마음을 울렸다.

그런데 그다음 주 설교 내용은 더 극적이었다. 권사님의 이야기를 들은 한 집사님 부부가, 가평의 2만 평 땅문서를 목사님께 가져왔다는 것이다. 집사님은 그 돈과 땅이 연결되면 무엇인가가 될 것이라는 생각을 했다고 한다.

"Oh my God!" 이건 영화가 아니라 실제였다. 하나님의 일하심과 충성된 이들의 헌신으로 인해 앞으로 세워질 곳이 정말 기대가 되었다.

그런데 이상했다. 예배를 마친 후에도 마음속에는 알 수 없는 두근거림이 남아 있었다. 그때 뜻밖의 생각이 불현듯 떠올랐다.

'그곳에서 네가 도울 일이 있다.'

왜 이런 생각이 드는지, 내가 무엇을 할 수 있는지 알 수 없었지만, 그 문장은 잔잔한 파도처럼 마음 깊이 머물렀다. 하지만 예배의 여운이 사라지자 이 생각은 터무니없는 상상처럼 느껴졌다.

그때 나는 대구에서 직장생활을 하고 있었고, 남편은 서울에서 일하며 주말 부부로 지내고 있었다. 더군다나 분당우리교회는 타 교회에 출석 중인 신자는 등록할 수 없는 구조였다. 그로 인해 앞으로 가평에 세워질 공간과도 연결될 여지는 전혀 없어 보였다.

시간이 지나고 코로나가 숨을 고르기 시작할 때쯤, 다니던 직장을 그만두고 아이들과 함께 새로운 보금자리인 분당으로 올라왔다. 아이들은 이제 아빠를 매일 볼 수 있다며 기뻐했다.

대구를 떠날 때 앞으로 어떤 삶이 펼쳐질지 알지 못했다. 단순히 일주일에 한 번 대학에 강의를 가고 이제 곧 학령기에 접어들 연년생 남매를 키우는 것에 집중하려 했다. 그런데 놀랍게도 내 삶은 새롭게 쓰이기 시작했다. 사랑의 열매와 다음세대재단의 지원으로 비영리스타트업을 시작하게 된 것이었다.

석·박사학위논문을 기반으로 회복탄력성 전문기관인 스프링미(SpringME)를 설립했다. 회복탄력성은 어려움에 처한 상황에서도 긍정적으로 대처하고 역경을 딛고 일어설 수 있는 내면의 힘을 의미한다.

통계청·보건복지부(2024)에 따르면, 대한민국에서는 하루 평균 약 40명이 자살로 사망하고 있다. 또한 국민건강영양조사(2023)에서는 성인 10명 중 1명 이상이 일상에 지장을 줄 정도의 심각한 우울감을 경험한 것으로 보고되었다. 이러한 문제의식 속에서 사람들이 건강한 자아로 행복한 삶을 사는 세상을 만들고 싶었다. 일상에서 쉽게 적용할 수 있도록 프로그램을 개발했다. 워크숍과 함께 회복탄력성을 실천으로 옮길 수 있는 다양한 행동 도구들을 제작했다.

나는 혼자가 아니었다

그렇게 새로운 사업에 적응하느라 숨 돌릴 틈이 없었지만, 주일이면 등록할 교회를 찾기 위해 여러 곳을 찾아다녔다. 하지만 분당우리교회가 계속 마음을 끌어당겼다. 기존 신자를 받지 않는다는 엄격한 규정이 있어 단념해야 했지만 혹시나 하는 마음에 등록 신청을 했다. 그리고 몇 주 뒤, 문자 한 통이 도착했다.

"새 가족이 되신 성도님을 환영합니다."

놀랍게도 우리가 등록 신청을 한 그 시기에 규정이 바뀌었다는 사실을 알게 되었다. 타국이나 지방에서 이사 온 경우라면 기존 신자라도 등록이 가능해진 것이었다. 우연이라고 하기엔 너무 정확한 타이밍, 마치 준비된 길 위로 발걸음이 옮겨진 듯한 순간이었다.

시간이 흘러 교회에 등록한 지 두 해쯤 되었을 무렵, 교역자분들께 회복탄력성 강의를 할 기회가 주어졌다. 그리고 몇 달 지나지 않아 교구 목사님으로부터 연락을 받았다.

"집사님, 가평우리마을에서 장애아 양육가정을 위한 회복탄력성프로그램을 진행해 주실 수 있을까요?"

"가평우리마을이요?"

세상의 약자들을 위한 쉼터이자 상한 마음이 회복되는 공간, 그곳이 가평우리마을이었다. 몇 년 전 온라인 설교가 현실이 되었다. 순간, 숨이 멈춘 듯했다. 그리고 한 문장이 번개처럼 스쳤다.

걸음 넷 우리가 서로의 기적이 된다

‘네가 그곳에서 도울 일이 있다.’

떨리는 마음으로 가평우리마을에 들어섰다. 청명한 공기와 따뜻한 사람들, 하나님이 준비하신 자리 앞에서 속으로 되뇌었다.
‘하나님, 예배 시간에 스쳐 지나갔던 그 마음이 정말 진짜였네요.’
강의를 하면서도 그곳에 서 있다는 것이 믿기지 않았다. 내가 알 수 없었던 미래를 이미 준비하고 계셨던 하나님.

우리는 혼자가 아니다. 사랑이 머물고 은혜가 흐른다. 선한 일들은 기적처럼 긍정적인 순환을 만들어 낸다. 권사님의 헌신은 집사님 부부에게 닿았고, 다시 나에게로 이어졌다. 그리고 그 흐름은 힘들고 지친 이들의 삶을 살리는 일로 확장되었다.
나는 거창한 일을 한 적이 없다. 허락된 자리에 서서 하루를 성실히 살아냈다. 하나님은 작은 순종을 사용하였다. 앞으로도 부르심을 따라 힘들고 지친 한 사람, 한 사람을 살리기 위해 교육하는 길을 묵묵히 걸어갈 것이다.

나는 혼자가 아니었다

7

바람개비 소녀

루시 Lucy

7살에 국민학교 1학년이 되었다. 시골 국민학교여서 한 학년에 2반씩 있었고 나는 1학년 1반이었다. 동네 친구와 같이 있고 싶은 마음에 종남이를 따라 2반에 앉아 있었다.

담임선생님이 나를 데리러 왔다. 친구와 헤어져 다시 1반으로 돌아가야 했던 국민학교 첫날이었다.

반에서 나는 키가 제일 작은 여자아이로 맨 앞줄 첫 번째 자리였다. 흰 손수건과 명찰을 달고 학교에 다녔다. 버스를 놓치면 50분을 걸어야 했다. 한글을 떼지 못한 채 입학한 아이들도 많았다.

권기분 담임선생님은 낱말 카드를 등사기로 찍어 아이들에게 나눠주며 열정을 다해 한글을 가르쳤다. 복사기도 없던 시절이었다. 글을 읽지 못하는 아이들은 고학년 언니들의 도움을 받으며 한 장 한 장 글자를 익

걸음 넷 우리가 서로의 기적이 된다

히도록 하였다.

어느 날 늦게까지 남아서 공부하느라 막차도 끊어져 해 질 무렵 집으로 걸어가야 했다. 무덤 옆을 지나며 겁이 나 울먹였다. 마을이 보이는 언덕에서 아빠가 경운기를 몰고 나를 찾아왔다. 순간 반갑고 서러운 감정이 한꺼번에 터져 눈물이 흘렀다.

그날의 무서움보다 더 선명하게 남아 있는 것은 따로 있었다. 글을 깨치게 하려고 늦은 시간까지 곁에 남아 가르치던 선생님의 열정이었다. 선생님의 열정 없이는 한글을 떼기가 오래 걸렸을 것이다.

초등학교 6학년이 되자 아빠가 자전거를 사주었다. 덕분에 통학길은 즐거웠다. 깔끔한 엄마는 세탁기도 없던 시절에 메이커 아동복을 입혀 보내었다. 농사일과 빨래를 감당해야 하는 엄마가 얼마나 고단했을지 그때는 알지 못했다. 그래서였는지 옷을 조금만 더럽혀도 야단을 듣곤 했다.

중학교에 올라가서 첫 중간고사 수학 성적이 좋은 은주에게 "수학은 어떻게 해야 잘하냐."고 물었다. 은주는 "교과서를 여러 번 보고 문제를 꼭 풀어보라."하고 알려주었다. 그대로 따라 했고 88점을 받았다. 은주의 말이 고맙고 신기했다. 배움은 누군가의 도움에서 시작된다는 사실을 그때 처음 알았다.

1학년 때 우리 반 담임은 임호영 선생님이었다. 작고 귀여운 인상으로 선배 언니들에게 인기가 많은 총각 선생님. 선생님은 나에게 청소반장을

나는 혼자가 아니었다

맡겼지만 통솔력이 부족했던 탓에 거의 혼자 하다시피 했다. 그 경험은 훗날 '리더를 존중하고 따르는 마음'을 배우게 했다.

가사 실습 시간, 3학년 언니 두 명이 나를 불러 세워 갑자기 선생님을 좋아하느냐고 물었다. 질문의 의도를 이해하지 못한 나는 아니라고 대답했다. 그러자 언니들은 장난스러운 표정으로 선생님 독사진을 내밀었다. 선생님을 이성적으로 바라본다는 것이 어색하고 불편하였다. 그 사진을 어떻게 해야 할지 몰라 당황스러웠다.

사진을 친구들에게 건네보려 했지만 누구도 받지 않았다. 망설임 끝에 사진을 쓰레기통에 버렸다. 그때는 그것이 가장 무난한 선택이라고 여겼다. 지금 돌아보면 사진을 버렸던 일이 오래도록 아쉬움으로 남는다.

중학교 1학년 말에 나만 남겨둔 채 가족이 대구로 이사했다. 부모님은 새 학년이 시작될 때 전학하는 게 좋다고 판단하였다. 큰집에서 몇 달 학교를 다녔다. 봄방학 무렵, 임호영 신생님은 "출결부 다 정리해 두었으니 절대 결석하지 말라."고 당부했다. 어느 날 아침, 배가 너무 아파 결석하고 말았다.

큰엄마와 병원에 다녀오는 길에 먹었던 간식은 지금까지도 따뜻한 기억으로 남아 있다. 하지만 그날, 선생님이 다시 서류를 고쳐야 했다는 사실은 오래도록 마음에 미안하였다.

중학교 2학년이 되어 대구로 전학온 뒤 친구들과 편지를 주고받기 시작했다. 그 무렵부터 임호영 선생님께도 편지를 보내기 시작했다. 선생님은 대부분 엽서로 답장하였다.

선생님은 내게 '바람개비 소녀'라는 애칭을 붙여주었다. 바람개비는 바람이 불 때만 도는 것 같지만, 누군가가 향해 달려가도 스스로 바람을 만들어 돌아간다.

그 이름에는 기다리기만 하지 말고, 바람이 없을 때도 스스로 움직이며 인생을 개척해 나아가라는 선생님의 바람이 담겨 있었다.

그 애칭은 바람개비처럼 빙글빙글 세상의 즐거움 속으로 돌려보내 주는 마법의 주문 같았다. 바람처럼 나의 고민과 걱정을 날려주는 위로였다. 잠재력과 활기를 돌려 세워주는 원동력이 되었다.

소중한 애칭 덕분이었을까? 선생님과 고등학교를 졸업할 때까지 5년 동안 꾸준히 편지를 주고받는 특별한 인연을 이어갔다. 편지 속에서 선생님은 결혼 소식을 전하였고, 아이가 태어났다는 이야기를 들려주었다. 나는 일상과 고민, 미래의 꿈을 편지에 담아 보냈다.

세월이 흐르고 한 번쯤 선생님을 만나고 싶다는 생각이 들었다, 왠지 모를 부끄러움과 망설임이 한 걸음 물러서게 했다. 고등학교를 졸업하며 돌던 바람개비가 멈추듯 선생님께 쓰던 편지는 자연스럽게 마지막이 되었다.

편지는 멈췄지만, '바람개비 소녀'라는 애칭의 온기는 여전히 내 마음 속에 남아 있다. 힘든 순간마다 바람개비를 다시 돌려 씩씩하게 일어설 용기를 주었다.

코로나 이후, 유튜브 채널을 만들며 채널명을 '바람개비 소녀'로 정했다. 일상의 길을 보여주고, 밖에 나가지 못하는 분들이 영상을 통해 잠시나마 바람을 느낄 수 있기를 바라는 마음이었다.

누군가는 행복을 인생의 목적이라 말하지만, 나는 매일 조금씩 느끼는 것이 행복이라 여긴다. 어린 시절 한 장의 엽서로 마음을 토닥여 주던 선생님처럼, 나도 누군가에게 그런 바람이 되고 싶다. 내가 받은 따뜻한 손길을 누군가에게 건넬 수 있다면 그것으로 충분하다.

스승의 따뜻한 한마디는 한 사람의 인생을 오랫동안 밝힌다. 작은 애칭 하나도 마음을 세우는 힘이 된다.

배움은 누군가의 손길에서 시작되고, 또 다른 누군가에게 흘러간다. 삶의 길은 혼자 걷는 것처럼 보이나 늘 누군가의 응원이 함께 있다. 우리가 받은 사랑은 결코 사라지지 않는다.

마음을 지켜주던 기억은 힘든 순간마다 다시 빛을 낸다. 바람은 기다리는 것이 아니라, 때로 내 걸음이 만들어 낸다. 받은 온기를 누군가에게 돌려주는 것이 삶의 또 다른 행복이다.

우리는 서로의 바람개비가 되어 서로를 움직인다.

8

다시 일어서는 에너지

이희정

장면 1

대구의 가을은 시월 말이 되면 초겨울 냄새가 난다. 아침에는 이불 밖이 나가기 싫을 정도로 쌀쌀하다. 삼 년 전 수요일 오전 10시. 북구 대현 도서관에서 문학 치료 수업을 했다.

그곳에서 잊히지 않는 사람을 만났다. 그분은 예순을 갓 넘긴 수강생이었다. 단정하게 머리를 빗고 뽀얀 파운데이션을 바른 얼굴로 수업에 들어왔다. 첫 시간부터 유난히 어색해 보였다. 손은 어디에 두어야 할지 몰라 망설였고, 표정에는 긴장이 가득했다.

'다음 시간에는 안 오실지도 모르겠다'는 생각이 들었다.

그런데 다음 주, 그분은 수업 시작보다 일찍 도착했다. 두 손에는 검정 비닐봉지가 들려 있었고, 봉지 사이로 김이 솔솔 올라오고 있었다. 갓 해

온 떡이었다. 수강생들과 나에게 나눠 주고는 아무 일 없다는 듯 자리에 앉았다. 그 이후로도 매주 떡, 초콜릿, 과자, 요구르트를 챙겨왔다.

이유를 묻자 "고마워서요. 좋아서요."라고 말했다. 딸들의 권유로, 딸들이 신청해 주어서 수업에 왔다고 했다. 매주 글을 쓰고 이야기를 나누면서 긴장된 그분의 얼굴은 조금씩 풀어졌다.

사위 이야기, 딸 이야기, 손주를 키운 이야기 등 따뜻한 이야기를 간직한 분이었다. 그런 당신의 고단한 삶을 그대로 수용하고 있는 분이었다. 자신만의 글을 쓸 수 있어서, 함께 듣고 나눌 수 있어서 고마웠다고 하였다.

어느새 우리는 아침 일찍 들고 오는 그녀의 검정 봉지를 기다리게 되었다. 직접 키운 늙은 호박으로 설기를 맞추어 야위고 주름진 두 손으로 책상에 하나하나 나누어 주었다. 그 정성은 그녀 삶 자체임을 시간이 지나서 깨달을 수 있었다.

처음 그녀의 글쓰기나 참여 활동은 서툴렀다. 어색해하였지만 한 단어씩 진심을 쏟는 모습은 진지했고 절실했다. 시간이 지날수록 서툴던 말과 글이 풀리고 표정은 부드럽고 자연스러워졌다. 자신의 이야기를 온전히 받아들이며 스스로에 대한 힘이 생겨나는 걸 지켜보았다.

그녀는 말했다.

"선생님, 여기 와서 글을 쓰고 얘기를 나누니까 마음이 가벼워요. 기분이 너무 좋아요"

걸음 넷 우리가 서로의 기적이 된다

검정 비닐봉지 사이로 피어오르던 따뜻한 김처럼 그녀의 말은 내 마음을 데우고 있었다. 사람을 움직이는 건 거창한 말이 아니라 작은 정성과 보이지 않는 진심이라는 것을 알았다.

장면 2

며칠 전이었다. 오랜만에 문자를 남겨 놓으셨다. 편한 시간에 전화를 부탁한다는 메시지였다. 그 문자를 보내온 분은 2019년 처음 만난 이후로 어떤 강의를 하든, 어느 도서관에 가든 내 수업을 찾아오셨다.

처음에는 독특한 별칭과 남다른 글쓰기로 눈에 띄었고 충성스러운 수강생으로 감사한 마음이었다. 두 번째 수업 때는 반가웠고, 세 번째 다른 도서관에서 만날 때는 놀라웠다. 그 이후로도 몇 번 더 나의 강의를 찾아 들으러 왔다. 사실 그분은 시간이 더해갈수록 배움도 지식도 세상에 대한 혜안도 나보다 더 깊었던 분임을 깨달을 수 있었다. 한때는 왜 내 수업을 찾아 들으러 오시는 걸까 하고 궁금한 적도 있고 묻고도 싶었지만 끝내 물을 수 없었다.

그분이 나를 선택하는 만큼, 나도 그 선택에 어울리고 싶어졌다. 새벽에 책을 더 읽고, 밤을 새워 강의안을 고쳤다. 그저 내 수업을 다시 선택하는 마음이 내게는 큰 힘이 되었기 때문이다. 그것이 신출내기 강사에게는 큰 동기가 되었다.

그분은 이렇게 말했다.

"선생님 수업은… 그냥 다 좋아요. 수업에 얼마나 진심인지 느껴져요."라며 그분은 한번 말한 적이 있다.

이 한 문장이 떨리고 자신 없던 나를 세우고 지탱하는 기둥이 되었다.

좋다는 말, 그 말은 사실 '믿는다'라는 뜻이었다. 내가 건네는 말과 펼쳐주는 장면이 누군가에게 잠시 숨을 고르고 쉴 수 있는 공간이 된다는 사실이 고마웠다. 그렇게 나를 믿고 기다려 주는 찐 팬들이 있었다. 그분들의 신뢰에 걸맞은 사람이 되고 싶어 밤마다 더 공부했고, 자료를 모으고 만들었다. 그 과정이 나를 조금씩 다르게 만들어 가고 있었다.

새 학기가 되어 개강하는 날은 출석부를 받자마자 이름표를 확인하는 버릇이 생겼다. 그분이, 또 다른 '그분들'이 계시지 않나 이름을 찾았다.

퇴근하면서 통화를 했다. 굳이 많은 말로 표현하지 않아도 전해지는 서로의 깊은 마음들…. 어머님이 많이 연로하고 병약해지셔서, 우리가 나누었던 글쓰기와 마음 정리를 어머니에게 어떻게 활용할 수 있을지 상의하는 통화였다. 매사에 진지하고 예를 다하는 그분은 그저 어머니의 마지막을 돌봄으로 끝나는 것이 아니라 어떻게 의미 있게 마무리할지 고민하였다. 그분의 생각이 옳다고 지지해 주었다. 그때도 지금도 그분의 사람됨과 깊이에서 나보다 앞선 사람이었기 때문이었다.

장면 3

퇴직 후 노후를 즐기던 남성 수강생이었다. 간혹 내 수업에는 그림을 그리기도 하는데 그럴 때마다 두 손을 내저으며 당황해하였다. 12회기의 수업이 끝날 즈음 그분은 자신만의 그림체를 찾아 노트 한 페이지를 그림과 글로 채울 정도였다. 그는 노트를 만족스럽게 바라보며 말했다.

"선생님 덕분입니다." 당신 스스로가 이뤄낸 것임에도 그렇게 말하였다. 강의가 끝난 그 이후로도 짧은 안부가 계속 이어졌다.

"강사님, 잘 지내시지요. 감기 조심하십시오."

"강사님, 개나리가 피었네요. 꽃 같은 하루 보내세요."

이 단순한 말들이 마음을 붙잡았다. 누군가가 나를 기억하고 있다는 사실이 몸과 마음을 바로 세우게 했다. 단 두 줄의 텍스트가 나의 하루를 달라지게 하였다.

#장면 4

육아휴직 중이던 30대 쌍둥이 아기 아빠였다. 육아로 인한 스트레스를 풀기 위해 잠깐의 오전 시간에 수업을 들으러 왔다고 했다. 수업 4회기쯤 되었을 때, 그의 노트 옆에 놓여 있던 예쁜 필기구와 색연필이 눈에 띄었다. 활짝 웃으며 말했다.

"아내가 사줬어요. 요즘 제가 온화해졌다고, 다시 웃는다면서 수업 열심히 들으라고 사줬어요."

그날, 수강생들은 그 이야기에 모두 웃었지만 나는 마음속으로 기쁨인지 감동인지 모를 눈물을 흘렸다. 수업 후 삶에 대한 자세가 달라진다는

나는 혼자가 아니었다

이야기를 듣기도 한다. 하지만 삶이 변화한 모습을 직접 마주할 때의 마음이란 표현하기 어려웠다. 그의 변화는 말로만 듣던 '변화'가 아니라 눈앞에서 실제로 살아 움직이는 변화였다. 그것은 강사로서 받는 가장 큰 선물 중 하나였다.

이들 네 사람은 서로 다른 얼굴을 하고 있었지만 그들의 변화와 신뢰는 강한 힘으로 나에게 닿았다. 그들의 진심과 믿음이 나를 문학 치료 강사로 일으켜 세워주었다. 사람은 혼자 일어서는 것이 아니다.

내가 건넨 진심과 열정이 그들은 붙들었고, 그들의 응답이 나에게 새로운 에너지를 불어넣었다.

어쩌면 그들은 그저 수강생이 아니라 내 삶을 지탱한 여러 모양의 기둥인지도 모른다. 그 기둥 위에서 나는 다시 서는 법을 배웠고 지금의 나 역시 누군가에게 그런 기둥이 되고 싶다.

우리는 누군가의 인생을 바꾸지 않아도 된다. 다만, 그 사람이 잠시 머물 수 있는 자리가 되어주면 충분하다. 그 자리에서 변화는 각자의 속도로 일어날 수 있게 해준다.

9

마음이 움직이는 순간

전향연

2000년, 밀레니엄이라는 말이 들리던 때였다. 어느 날, J 원장이 서울 삼성의료원에 입원했다는 소식을 들었다. 병명은 위암이었다. 의사는 믿을 수 있었고 기술은 충분했으나 지금처럼 세밀하지는 않았다. '암'이라는 단어는 곧 죽음을 연상시켰다. 그때 나는 삼성의료원 옆 일원동에 살았다. 집에서 조금만 걸어 나가면 가까운 거리에 삼성의료원이 있었다. 내 마음은 누군가의 소식이 전해지는 순간 몸은 움직일 준비를 하고 있었다. 생각보다 마음이 먼저 반응하고 그다음에야 이유를 찾는다. 필요하다고 느껴지면 주저하지 않고 마음이 향하는 쪽으로 발걸음을 옮긴다.

J는 대구에서 유치원 원장으로 일하던 시절 원장 회의와 기독교 연합회 활동을 통해 알게 된 분이었다. 무엇이든 앞장서 움직이는 활동적인

사람이었다. 나보다 삼 년 선배고 개인적으로 존경하는 분이었다. 그분이 아파 병원에 입원하여 수술한다는 소식을 듣고 망설이지 않고 병원으로 달려갔다. 무엇을 해야 할지는 알 수 없었지만, 마음이 먼저 움직였고 그 마음을 따라 걸었다. 말 한마디 건네지 못하더라도, 그 곁에 잠시 머무는 일만으로도 충분할 것 같았다.

　병실 문을 열었을 때, J는 수술을 막 마친 듯 창백한 얼굴로 누워 있었다. 늘 하나님께 기도하며 교회와 세상 속에서 사랑을 전하던 분이 수술을 받고 병상에 누워 있으니 내 마음을 더욱 아프게 했다.

　병원 특유의 소독약 냄새와 낮은 기계음이 방안을 채우고 있었다. 나를 보자 미소를 지으려 애쓰는 표정이 먼저 눈에 들어왔다.

　가느다란 목소리로 "어떻게 왔어요."

　그 말에 잠시 말을 잇지 못했다. 가까이 살아서, 시간이 나서, 그런 이유를 대고 싶지 않았다. 그래서 그냥 말했다.

　"보고 싶어서요."

　병에 대한 말도, 앞으로의 계획도 꺼내지 않았다. 아무 말도 하지 않은 채 마냥 보기만 했다. 침대 옆 의자에 앉아 그의 손등 위에 가만히 손을 얹었다. 그 손은 차가웠고, 떨고 있었다.

　그날 내가 한 일은 그게 전부였다. 오래 머물지도 않았고, 힘이 되는 말을 찾아 애쓰지도 않았다. 다만 그 시간만큼은 혼자가 아니라는 사실

걸음 넷 **우리가 서로의 기적이 된다**

을 느끼게 하고 싶었다.

그 후 입원해 있는 동안, 몇 차례 병문안을 갔다.

J는 회복을 위해 폐활량 운동을 가장 먼저 하였다. 숨을 불어 넣고, 다시 들이마시는 단순한 동작이었지만 처음에는 거의 움직임이 느껴지지 않았다. 그래도 그녀는 멈추지 않았다. 힘겹게, 그러나 묵묵히 반복했다. 이겨내고 싶다는 의지가 그 작은 움직임 속에 담겨 있었다.

나는 그저 곁에서 말했다.

"조금만 더요. 잘하고 있어요."

대단한 말은 아니었지만, 그 한마디에 그녀의 눈빛이 조금씩 달라지는 것이 보였다. 마치 누군가 손을 잡아주기라도 한 듯 다시 힘을 내는 모습이었다.

나의 일과는 병원을 다녀와야 마음 편히 다른 일을 할 수 있었다. 특별히 해야 할 일이 있어서가 아니라, 그냥 발걸음이 그곳으로 갔다. 한결 밝아진 얼굴로 맞이했다. 폐활량 운동으로 공은 조금 더 높이 떠올랐고, 병원 복도를 걸어보겠다고 했다.

"조금씩, 우리 몇 바퀴만 걸어볼까요?"

나란히 복도를 걷기 시작했다. 처음엔 숨이 가빠 힘들어했지만, 시간이 지나 보폭이 점점 안정되었다. 며칠 뒤에는 복도를 몇 바퀴씩 돌 수 있을 만큼 회복되었다.

210

걷는 동안 우리는 이야기를 나눴다. 아프기 전의 일상, 일 이야기, 살아오며 감사했던 순간들. 그 시간은 단순한 운동이 아니라, 마음도 회복하는 과정이었다.

시간이 지나 퇴원했고, 일상으로 돌아갔다.

"병원에서 같이 걸어준 시간이 정말 큰 힘이 됐어요."

마음이 이끄는 대로 움직였을 뿐인데, 만날 때마다 고맙다는 말을 잊지 않는다.

그 말을 들을 때마다 조심스럽게 마음속으로 답한다. 당신 안에 이미 살아갈 기도의 힘이 있었고, 난 그 힘이 꺼지지 않도록 잠시 곁에 있었을 뿐이라고.

기적은 누군가가 대신 만들어 준 것이 아니라, 다시 걸어 나갈 수 있도록 옆에서 기다려 준 그 시간 속에서 조용히 태어났다.

특별한 도움을 주었다고 생각되지 않는다. 필요해 보이는 순간 잠시 곁에 있었을 뿐이다.

사랑은 거창한 것이 아니라는 사실을 다시 한번 배웠다. 내가 건넨 것은 '큰 도움'이 아니라 그저 곁에 있어 주는 마음이었다. 무슨 말을 해야 할지 몰라 침묵으로 함께 앉아 있던 순간 괜찮은 척 웃어 보이던 얼굴 뒤에 숨은 아픔을 알아차리고 한 걸음 다가섰던 용기 그 사람의 속도를 재촉하지 않고 기다려 주었던 시간 들 돌이켜보면 내가 한 일은 아주 작고 평범한 것들이었다.

하지만 누군가의 아픔 앞에서 한 걸음 다가가는 일은, 용기라기보다 선택에 가까웠다. 무엇을 해주어야 한다는 부담을 내려놓고 해결하지 못해도 괜찮다고 스스로에게 허락하는 선택이었다. 조언하지 않아도, 대신 살아줄 수 없어도 그저 곁에 머무는 일, 말없이 시간을 견디는 일이 누군가에게는 다시 숨을 고를 수 있는 여백이 된다는 것을, 그 경험을 통해 알게 되었다.

우리는 늘 혼자가 아니었다.

나는 혼자가 아니었다

혼자에서 서로가 되는 순간 넷

독자 참여형 체크 리스트 ✔ 또는 ○로 표시하며, 짧은 메모 한 줄을 적어보세요.

정답은 없습니다. 완성된 글이 아니어도 괜찮습니다. 문득 떠오른 얼굴, 장면 하나면 충분합니다.

빈칸을 채우는 시간이 지금의 여러분을 만나는 소중한 경험이 되길 바랍니다.

> ☐ **체크 문장**
> "우리가 서로의 기적이 된다"에서 지금의 나를 돌아보는 인식
>
> ✍ **메모**
> 그 인식이 생긴 구체적 장면 하나

☐ **내가 나서지 않았기에 오히려 더 단단해진 누군가를 떠올릴 수 있다.**

✍ **메모** **그 사람은 지금 어떻게 살아가고 있을까요?**

☐ 기적은 큰 사건보다 작은 선택에서 시작된다고 믿는다.

📝 메모 내 삶의 작은 선택 하나를 적어보세요.

☐ 누군가를 혼자로 두지 않으면서도 그의 삶을 믿고 맡길 수 있다고 생각한다.

📝 메모 지금 믿어주고 싶은 사람은 누구인가요?

걸음 넷 우리가 서로의 기적이 된다

김묘경

과거를 추억하기보다 현재에 집중하고 충실하게 살아왔다. 이번 공저를 통해 과거의 나와 만나는 시간을 가졌고 오래 묵혀 두었던 마음을 풀어주는 시간이었다. 돌아보니 혼자 힘으로 여기까지 온 것이 아니었다. 힘들게 했던 나를, 힘 나게 했던 그 모든 관계들이 지금의 나로 성장시켰다는 것에 감사한다. 아주 사소한 일상이고 아주 보통의 기적이긴 하지만 작은 씨앗이 꽃을 피워 꿀을 나누듯 또한 그렇게 살아가고 싶다.

김혜련

지나온 자리마다 혼자였다고 믿었지만, 돌이켜보면 그 시간은 언제나 누군가의 도움을 받으며 버티고 있었다. 누군가를 일으킨 순간도 있었고, 누군가의 곁에서 아무것도 하지 못한 날도 있었다. 말 한마디, 기다려 준 시간, 마음을 내어준 침묵이 나를 다시 서게 했다. 완벽하지 않아도 서로를 향해 한 걸음 다가섰던 마음이 삶을 여기까지 데려왔다. 글은 기적을 설명하려는 기록이 아니라, 사람이 사람을 살게 한 평범한 순간들의 이야기다.

박경애

2025년 공저 1기에 참여해 『시간을 건너 나를 만나다』를 출간했다. 모든 것을 드러낸 듯한 글 앞에서 부끄러움이 먼저 밀려왔다. 그럼에도 다시 한번 도전하고 싶다는 마음이 남았다. 공저 2기에 참여하며 자신감보다는 질문이 더 많아졌고, 글쓰기는 오히려 더 어려워졌다. 주제에 맞춰 글을 써 내려가며 비로소 알게 되었다. 나는 혼자가 아니었고, 지금의 나는 손을 내밀어 준 사람들 덕분에 여기까지 왔다는 것을. 그 깨달음에 감사하며, 이제는 나 또한 누군가의 길에 작은 손잡이가 되어주는 삶을 살아가고자 한다.

박명애

'품앗이'라는 말이 떠올랐다. 내 삶에 긍정의 품앗이를 건네준 사람들의 따뜻함에서, 다시 걸어갈 힘을 얻었다. 글을 쓰는 시간은 거울처럼 비추는 일이었고, 그 안에서 온전한 대화를 나누었다. 앙상한 겨울 가지에

217

이불을 덮듯, 마음이 서서히 풀려 갔다. 하루를 채우는 것보다, 어떻게 살아낼 것인지가 더 중요하다는 것을 알게 되었다. 누군가에게 용기와 희망을 건네는 하루는 내일을 기다리게 하는 힘이 있다. 이 글이 그런 에너지가 되어, 곁에 있는 사람들에게 나눔과 빛이 되기를 바란다.

박영희

힘든 일이 생기거나 마음이 흔들릴 때, 스스로 세상에서 가장 외로운 사람이라 생각했다. 그러나 글을 쓰며 지난 시간을 돌아보니, 그 모든 순간마다 나를 감싸 안아주던 따뜻한 마음과 손길이 있었다. 혼자 버텼다고 믿었던 시간은 사실 누군가에게 기대어 건너온 시간이었다. 이 책은 나의 외로움을 부정하지 않고, 그 안에 이미 존재하던 함께함을 발견하게 했다. 지금도 그 힘으로 오늘을 살아가고 있다.

이가경

오늘보다 내일 더 좋은 세상을 만들기 위해 내 몫을 성실히 해내고 싶었다. 더 단단한 어른이 되어 누군가의 버팀목이 되기를 바랐다. 하지만 삶의 여정에서 배웠다. 내가 베푼 도움보다 나를 붙잡아 준 손길이 더 많았다는 것을. 작은 호의, 격려 한마디, 잠시 기댈 수 있었던 순간이 일상을 바꾸었고 그 변화는 다시 누군가에게 흘러가 긍정의 순환을 만들어 냈다. 이 글이 당신에게 따스한 손을 내밀어 다시 걸어갈 힘이 되길 바란다.

루시(Lucy)

39살에는 40살이 왜 그렇게 되기 싫었던지. 하지만 100세 시대 40살부터야말로 인생의 진정한 시작인 것 같다. 신이라는 대장장이가 조그마한 쇳덩이인 나를 그릇으로 만들기 위해 불에도 넣었다가 식히기도 하고 크기를 키우기 위해 망치로 사정없이 두드릴 때는 아파서 울 때도 있었다. 그때도 행복은 잠시 잠시 머무는 나비같이 힘든 순간에도 나에게 살포시 날아들었었다. 마지막으로 값없이 도움을 주신 과일가게 사장님께 진정으로 감사의 말씀을 다시 드린다.

이희정

삶은 언제나 예측할 수 없는 방향으로 흘러왔다. 그때마다 나를 붙들어 준 것은 특별한 것이 아니었다. 늘 곁에 있어 주었던 사람들이었다. 말없이 지켜준 엄마, 삶으로 보여 준 가족, "선생님"이라 불러준 아이들, 나를 기다려 준 수강생들. 그들의 따뜻한 시선과 말 한마디가 다시 나를 일으켜 세웠다. 나는 누군가의 삶을 바꾸지 않아도, 잠시 머물 자리는 되

219

고 싶다. 오늘도 그 마음으로 사람 곁에 서 있으려 한다.

전향연

육십을 넘긴 지금, 다시 도전한다는 말은 여전히 낯설고 조심스럽다. 공저 1기를 마치고 또 한 번의 공저에 마음을 내어놓기까지, 망설임은 오래 이어졌다. 혼자였다면 끝내 용기를 내지 못했을 선택이었다. 함께였기에 가능했고 서로의 속도를 존중하며 기다려 준 동행 덕분에 다시 한 발을 내디딜 수 있었다. 이 책은 그 조심스러운 용기의 기록이자, 같은 자리에서 머뭇거리는 누군가에게 건네는 작은 응원이다.

나는 혼자가 아니었다

『나는 혼자가 아니었다』를 읽고 남은 생각들

질문 대신 남겨두는 마음입니다.

아래의 빈칸은 채워도 좋고, 끝내 비워 두어도 괜찮습니다.

이 책은 답을 요구하지 않습니다.

1. 내가 오래 망설였던 물러섬의 순간은

_____

2. 누군가를 돕는다는 이유로,
   내가 대신 살아주고 있었던 시간은

_____

3. 그에게 가장 필요했던 것이
   손길이 아니라 기다림이었음을
   알아차린 때는

_____

4. 믿음으로 물러섰다고 말하고 싶지만,
   사실은 불안에서 눈을 돌렸던 장면은

   _____

5. 해결하지 않고 곁에 머무는 것이
   가장 어려웠던 순간은

   _____

6. 내가 나서지 않아도
   삶이 스스로 길을 찾는다는 사실을
   처음 믿게 된 경험은

   _____

7. 붙잡아야 한다고 여겼지만
   결국 놓아주었기에 남은 것은

   _____

나는 혼자가 아니었다

8. 나의 도움이
   그를 위한 것이었는지
   나를 안심시키기 위한 것이었는지는

   _____

9. 사랑이라는 이름으로
   너무 가까이 다가가 있었음을
   뒤늦게 깨달은 순간은

   _____

10. 지금 이 순간,
    한 걸음 물러섬으로 지켜주고 싶은 삶은

    _____

『나는 혼자가 아니었다』를 읽고 남은 생각들